KB089001

제31회 전태일문학상 수상작품집

소음 공장

제31회 전태일문학상 수상작품집

소음 공장

2023년 11월 6일 초판 1쇄 인쇄
2023년 11월 13일 초판 1쇄 발행

지은이 안철수 외
편집 이소영 · 김혜림 · 조유리
표지 · 본문 디자인 김진운
마케팅 김현주

펴낸이 권현준
펴낸곳 (주)사회평론아카데미
등록번호 2013-000247(2013년 8월 23일)
전화 02-326-1545
팩스 02-326-1626
주소 03993 서울시 마포구 월드컵북로6길 56
이메일 academy@sapyoung.com
홈페이지 www.sapyoung.com

ISBN 979-11-6707-131-6 03810

제31회
전태일문학상
수상작품집

소음 공장

안철수 외 지음

사회평론

노동법의 그늘을 조명하며

1970년 11월 13일, 봉제 노동자 전태일은 분신 항거를 하며 "근로기준법을 준수하라."고 외쳤습니다. 1953년에 제정된 이 법은 이미 시행된 지 17년이 지난 뒤였습니다. 문제는 그동안 노동 현장에서 잘 지켜지지 않고 있었다는 점입니다. 전태일이 일하던 평화시장에서도 역시나 근로기준법은 사장님의 말 한 마디보다도 못한 존재였습니다.

"저희들의 요구는, 1일 15시간의 작업 시간을 1일 10시간 ~12시간으로 단축해 주십시오. 1개월 휴일 2일을 늘려서 일요일마다 휴일로 쉬기를 원합니다. 건강 진단을 정확하게 하여 주십시오. 시다공의 수당(현재 70원 내지 100원)을 50% 이상 인상하십시오. 절대로 무리한 요구가 아님을 맹세합니다. 인간으로서의 최소한의 요구입니다."*

* 조영래, 『전태일평전』, 아름다운전태일, 2020년, 242쪽.

1969년 11월 즈음, 전태일이 대통령에게 보내기 위해 썼지만 끝내 부치지는 못한 듯한 편지의 일부입니다. 당시 근로기준법에 따르면, "근로 시간은 휴게 시간을 제하고 1일 8시간, 1주일에 48시간을 기준으로 한다. 단, 당사자 간의 합의에 의하여 1주일에 60시간을 한도로 한다."*고 규정돼 있습니다. 또한 "사용자는 근로자에 대하여 1주일에 평균 1회 이상의 유급 휴일을 주어야"** 했습니다. 이 밖에도 근로기준법에는 "근로자의 기본적 생활을 보장·향상시"***킬 만한 조항들이 다수 마련돼 있었습니다. 전태일이 요구한 '인간으로서의 최소한의 조건들'도 실은 근로기준법을 바탕으로 한 것이었습니다.

그의 항거 이후에도 산업안전보건법, 최저임금법 등 수많은 노동법이 제정되었고, 현재까지 시행되고 있습니다. 이미 시행되고 있었던 노동법들도 현실에 맞춰 개정을 반복하였습니다. 노동자를 위해서 말입니다.

하지만 전태일이 일했던 평화시장의 봉제 노동자들처럼 여전히 많은 노동자들이 노동법의 사각지대에 놓여 있습니다. 이들의 현실은 그동안 전태일문학상에도 매번 공유돼 왔습니다. 그 방식은 르포나 생활글처럼 현실 그대로를 기록한 것이기도 했고, 시와 소설처럼 현실을 가공하여 표현한 것이기도 했습니

* 같은 책 166쪽에 인용된 근로기준법 제42조 재인용.
** 같은 책 166쪽에 인용된 근로기준법 제45조 재인용.
*** 같은 책 165쪽에 인용된 근로기준법 제1조 재인용.

다. 그런 점에서 전태일이 일터에서 겪고 느낀 점을 편지에 꾹꾹 눌러쓰며 말하려 했던 바는 아직도 유효한 것 같습니다. 노동법이 노동자를 위해 존재하는 법이 아니라는 사실을 드러내기 때문입니다.

올해로 31회째인 전태일문학상과 18회째인 전태일청소년문학상은 세 가지의 변화가 있었습니다. 첫 번째로, 전태일문학상은 그동안 르포 부문과 생활글 부문을 따로 모집하였지만, 올해는 이를 르포 부문으로 통합해서 공모했습니다. 두 번째로, 전태일청소년문학상 독후감 부문에 지정된 도서 목록을 이전까지는 『전태일평전』(조영래, 아름다운전태일)으로만 한정하였지만, 올해부터는 『청년 노동자 전태일』(위기철 지음, 안미영 그림, 사계절)과 만화 『태일이 1~5』(박태옥 글, 최호철 그림, 고래가그랬어 편집부 기획, 돌베개), 애니메이션 영화 〈태일이〉(홍준표 감독, 명필름) 등으로 확장하였습니다. 세 번째로, 그동안 코로나19 팬데믹 탓에 온라인으로 이루어졌던 수상작 심사가 올해는 전태일재단 사무실에서 현장 심사로 진행되었습니다.

제31회 전태일문학상은 시 부문 182명(676편), 소설 부문 104명(120편), 르포 부문 15명(15편)이 응모했습니다. 시 부문은 안철수의 「소음 공장」 외 2편, 소설 부문은 조수현의 『개미인력 남쁘로모따』, 르포 부문은 박도제의 『애완견이 된 감시견』이 당선되었습니다. 제18회 전태일청소년문학상은 시 부문 124명(402편), 산문 부문 105명(113편), 독후감 부문 21명(21편)이 응모했습니다. 각 부문 수상자들과 응모자들에게 감사의 인사를 전합니다.

문학상을 공동 주최하는 경향신문사와 수상작품집을 출간해 주고 있는 사회평론사, 애정을 담아 후원을 아끼지 않는 한국작가회의, 심사를 해 주신 심사위원분들께도 감사의 인사를 전합니다. 전태일문학상과 전태일청소년문학상이 지금까지 명맥을 유지할 수 있었던 건 수많은 분들의 노고와 관심, 노력이 있었기에 가능했습니다.

전태일은 자신을 비롯한 봉제 노동자들이 평화시장에서 겪고 있던 현실의 열악함만을 기록하지 않았습니다. 그들의 실태를 제대로 파악하기 위해 설문지를 손수 만들었습니다. 노동자들의 실태를 통계화하여 정부에서 해야 할 일을 그가 대신했던 것입니다. 설문조사를 통해 드러난 사실을 근거로, 그는 노동청장에게 '평화시장 피복제품상 종업원 근로 개선 진정서'를 제출하였습니다. 사업주들이 근로기준법을 준수하도록 정부가 적극적으로 나서야 한다는 의미로 말입니다. 이외에도 전태일이 열악한 노동조건을 개선하기 위해 힘썼던 흔적들은 그의 말과 행동을 담은 대학노트에 빼곡히 기록되어 있습니다.

"관찰, 사색, 분노, 고뇌, 결의, 그때그때의 심정을 …… 생각나는 대로 틈틈이 기록"*한 그의 일기와 수기처럼, 노동자의 글쓰기에는 결국 알게 모르게 열악한 노동 현실을 바꾸겠다는 의지가 담겨 있었습니다. "버스 기사 생활의 애환을"** 다룬 글인 「시내버스를 정년까지」로 전태일문학상***을 수상했던 안건모 작가는 글쓰기에 대해 이렇게 말합니다.

"버스 운전을 하던 시절 제때 쉬지 못하고, 노동의 대가를 제대로 받지 못한 건 순전히 내가 못나서 그런 줄로만 알았어요. 열등감도 패배감도 컸죠. 하지만 그동안 살아온 이야기, 일터 이야기를 쓰면서 '세상의 참주인은 노동자 자신'이라는 걸 깨달았습니다. 내 땀의 가치와 소중함도 알게 됐어요."****

아직도 노동법의 그늘에서 많은 노동자들이 살아가고 있습니다. 세상은 빠르게 변화하고 있지만 전태일문학상과 전태일청소년문학상이 노동자의 삶을 위로하는 가치이자 힘이 되길 희망합니다.

2023년 10월
전태일문학상·전태일청소년문학상 운영위원
강성남 김건형 김동수 박미경 윤종현 홍명진

---

*　같은 책, 234쪽.
**　윤영미, 「'천직' 생각 속 진솔한 글쓰기 "난폭 운전 기사 탓만은 아니죠」, 『한겨레』, 1997년 6월 19일 자.
***　제7회 전태일문학상 글쓰기 부문 우수상.
****　허윤희, 「"작은책이지만 한국 노동자들의 커다란 역사 담았죠」, 『한겨레』, 2020년 5월 11일 자.

차례

제18회 전태일청소년문학상 수상작

안철수

·

소음 공장 외

안철수

- 경북 안동 출생
- 현 부산 거주
- 섬유제조업 종사

소음 공장

오후 네 시는

손톱 밑이 까매져서 손톱이 잘 자라요
소음 방지 귀마개에
종이컵 그득 물 한 잔 마시면 꽃은 피고요

비가 내리지 않아도 나무는 잘 자라요
사막인데 오아시스도 없이
껍질을 열면 소음이 무성한데요
잘 자라는 나무의 영양분이죠

고장 난 나무에서
풀린 볼트가 낙과처럼 굴러다녀요

한 번쯤 비보다는 눈이 보고 싶은데요
눈 덮인 노르웨이 숲 오로라를 보고 있는 전나무처럼요
오늘은 새벽 별과 저녁 별 사이에 미세먼지가 심해요

지나가는 화물차를 부르고 있어요

뿌리째 뽑아 나무를 먼 곳에 보내 주고 싶거든요
어디서든지 뿌리는 말을 잘 들으니까요

그 먼 나라는요
바다가 있고 강도 있고 계곡도 있어요
그러니까 말 잘 듣는 손과 발이 필요한 거죠
잠깐! 이 시간은 배가 매우 고파요
컵라면 하나 먹고 다시 시작할게요

고장 난 곳을 찾았거든요
소음은 싱싱하게 잘 돌아갑니다

오후는 이제 시작이에요

엔리 씨의 작업 일지

소음도 사뿐히 내려앉아 나비가 될 때가 있다

나비의 날갯짓도 소음일 때가 있지만
점심을 먹고 든 쪽잠
야근에 지친 팔다리에 발을 펴야 잘 수 있는
나비가 먼저 깬다

꽃은 창밖에서만 피는 건지
창에 가로막혀 허공을 발버둥 치는 나비가
형광등 빛에 가위질당할 때
직조기는 향기 없는 꽃만 뽑아낸다

아이가 아파 일주일째 결근한 엔리 씨
눈에 바스러진 나비 날개가 흘러내린다
남편은 아기 태아 적부터 꽃을 찾아다니는 나비였나 봐

직조기는 못다 핀 꽃만 직조한단다
젖을 먹여야 활짝 피울 텐데 소음이 심해질수록
유방도 부풀어 울음이 커졌다

소음도 볼 수 있을 때가 있지
지류를 따라 나비가 무수히 날고
메콩강*이 띄운 어머니 쪽배가 흔들린다

손가락 기름때에 점점 커져 가는 통증도
부푼 유방도 서두르기만 하는
아이 울음 커지는 오후
연락이 두절된 나비 바람을 접는다

* 메콩강은 모든 강의 어머니라는 뜻을 가지고 있다.

퇴근 없는 길

꽃이 핀다는 건 좋은 일

바깥 풍경이 바람에 실려 유리창에 부딪는데
기계가 자주 아프다고 한다

연식이 다 된 기계의 앓는 소리가 이명이 되어
컴플레인…… 컴플레인…… 컴플레인……
울화는 피는데
납품처는 한사코 협력 회사라 부른다

꽃길은 지도에도 없지

경쾌가 쓰러진 기계는 꽃이라 생각하느냐 물었을 때
꽃의 생애는 닮고 싶지 않다며 꽃이라 부르지 말라고 한다

먹고사는 문제가 그리 쉬운가
먹기 위한 밤샘만은 아니지

너는 잠이 없으니 관절도 없지

빛의 양이 많으면 관절 꿇는 가난한 몰골이 되지
불행이 완성되는 건 행복하니 물었을 때다

제발 꽃은 피우는 것이라고 말하지 말자
공단 길섶 골대를 비껴간 공을 받은 풀의 아우성

받아 든 공의 둘레에서
웃는 넌
퇴근 없는 길을 걷지

노동자란 말은 언제나 가슴을 뛰게 합니다.

오랫동안 잊고 상관없이 살았는데 지금은 시가 가까이 있어 참 좋습니다. 가끔은 아득해질 때도 있지만 어쨌든 시는 나에게서 더 이상 떠나지 않아서 좋습니다. 이젠 더 가까워져야겠습니다. 다시는 뒷모습 보이지 않도록 붙잡아 놓겠습니다. 늦었지만 늦었다고 말하고 싶지도 않습니다.

시는 여전히 실체가 되어야 하고 진실해야 한다는 것은 유효합니다.

갑자기 낯선 전화번호가 뜨고 아득한 현기증이 몰려와 잠시 캄캄해졌습니다. 당선 통보 전화를 받고 '이런 거였구나! 이런 거……! 내가 이 상을 받을 자격이 되나.' 기쁨과 부끄러움이 교차하는 미묘하고 어정쩡한 순간이었습니다. 35년 전 부산노동자문학회에서 『전태일평전』을 읽고 노동자의 삶과 인권에 대하여 진지하게 토론하며, 문학으로 표현하고 실천하며 알려 나가자고 다짐하던 때가 떠올랐습니다. 35년 전 '제1회 부산노동자문학의 밤' 함성이 떠올라 다시 심장이 왈칵 뜨거워졌습니다.

먼저 이런 자리를 예비하신 지혜의 근원이며 나의 생명 되신 하나님께 감사드립니다.

쓰다가 도중에 버려진 듯한 상황에서, 다시 오늘이 있기까지 손 내밀어 이끌어 주신 김부회 선생님께 일부나마 보답한 듯해서 감사하고 기쁩니다. 의리로 함께한 노준섭 리더님과 〈시작 시그널〉 가족님들,

그리고 문인선 교수님과 이명윤 리더님, 〈문장 콘서트〉 가족님들, 〈시인과 독자〉 친구들, 마경덕 선생님과 〈문피〉 동인님들 진심으로 조언해 주며 창작의 열의를 북돋아 주신 〈창작과 사회〉 문정완 리더님 많이많이 감사합니다. 또 누구보다 먼저 기뻐하고 축하해 준 어머니, 나의 두 동생 경미와 해수, 끝으로 오랫동안 함께 울며 고생한 아내 정화와 두 아들 주승, 주형 항상 고맙고 사랑한다.

따뜻한 마음으로 부족한 작품을 품어 선정해 주시고 영광스러운 자리를 허락하신 유병록, 이동우, 이설야 세 분 심사위원 선생님과 전태일문학상 관계자님께 깊은 감사를 드립니다.

사람다운 삶을 살고 사람다운 시를 쓰라는 뜻으로 받습니다.

조수현

•

개미인력 남쁘로모따

조수현

- 군산 출생
- 우석대학교 문예창작학과 졸업
- 동 대학원 공공정책전공 석사과정 중

역사 밖으로 나왔을 땐 뿌연 하늘 밑으로 사람들이 저마다 흩어지고 있었다. 갈 곳이 있던 난 인파 사이로 섞여 들어갔다. 경적과 꿍꿍거리는 공사장 소음, 무선 핸드 마이크로 누군가를 석방하라고 외치는 사람의 절절한 목소리가 섞여 주위가 시끄러웠다. 발 옆으로는 비둘기들이 고개를 180도로 비틀며 지나갔고, 머리 위 건물들 사이로 타워 크레인들이 우뚝 서 있었다. 트롤리의 갈고랑쇠에 매달린 자재들이 떠다니는 것을 보니 별안간 줄 인형극에서 사람이 인형을 조종하는 것과 꼭 닮았다는 생각이 들었다. 핸드폰을 켜 지도에 경매 물건 주소를 입력했다. 고개 숙여 화면을 보며 걷고 있는 내 앞으로 사다리차 한 대가 가로질러 맞은편 공사장 안으로 들어갔다. 나는 짧은 횡단보도 앞에 잠시 멈춰 서서 덜덜 떨리는 엔진 소리가 멀어질 때까지 기다렸다. 다시 왁자한 소음이 들려왔고, 그 소음이 귀에 익숙해질 무렵 어디선가 아주 희미하게 짤랑이는 소리가 들려왔다. 쨍, 쨍, 일정한 간격을 두고 소리는 옆 공사장 펜스를 넘어오고 있었다. 나는 소리가 나는 쪽으로 다가갔다. 그러고는 그 안을 기웃거렸다. 그물망 무늬의 철제 펜스 사이로 보라색 셔츠에 노란 작업복 조끼를 걸친 남자가 걸어가는 게 보였다. 뒷짐을 진 채 지나가는 그의 등은 많이 굽어 있었다. 딱 보아도 앙상해 보이는 실루엣이었다.

무슨 일로 오셨소?

뒤를 돌아봤을 땐 경비복 차림의 중년 남자가 고개를 한쪽으로 갸우뚱한 채 나를 바라보고 있었다.

아, 아니요, 아니요……. 그냥 뭐 하고 있나 좀 보려고요.

나는 그렇게 말하면서도 경비원이 아닌 펜스 너머를 눈으로 좇고 있었는데, 등이 굽은 남자는 이내 시야에서 사라져 버렸다. 나는 의심스러운 눈초리를 하고 있는 경비원에게 고개를 숙여 인사하곤 그대로 앞으로 걸었다. 중간에 뒤를 흘끔 돌아보았을 때도 경비원이 나를 쳐다보고 있는 게 느껴졌다. 펜스를 따라 쭉 걸으니 출입구가 나왔고, 그 옆 조립식 패널엔 '청량리 제12 개발구역 환경정비사업'이라는 글자가 조그맣게 새겨져 있었다.

*

그거 뭐해요.

나는 소파에 앉아 핸드폰으로 인스타그램을 보며 종이컵을 물어뜯던 중이었다. 등 뒤에서 들린 갑작스러운 말소리에 깜짝 놀라 고개를 돌렸고 그 바람에 반쯤 남아 있던 인스턴트커피를 무릎에 쏟고 말았다. 말을 건 남자는 키가 무척 컸으며, 한눈에 보아도 몸에 비해 턱없이 작은 보라색 체크 셔츠를 입고 있었다.

오, 미안, 미안해요.

그는 테이블에 놓여 있던 갑 휴지를 급히 집어 몇 장 빼더니, 머뭇머뭇 내 무릎에 갖다 대려고 했다. 나는 손사래 치며 휴지를 그의 손에서 가로채다시피 하여 젖은 바지를 닦았다. 그는 나의 모습을 빤히 지켜보더니, 어느 정도 닦았을 즈음하여 다시 내게 물어 왔다. 그거 뭐해요. 그는 내 손을 가리켰다. 난 어제 산 스포츠토토 종이를 오른손에 쥐고 있었다. 나는 직감적으로, 그에게 스포츠 경기 결과를 예측해서 맞히는 게임이라고 설명하기가 힘들 것도 같고 그가 알아들을 리도 없다고 생각하여 대충 로또라고 말하곤 석낭히 눙쳤다. 그는 몇 번은 크게, 몇 번은 작게 의미심장하게 고개를 연신 끄덕이며 말했다.

나, 알아요. 그거.

이어 그는 내가 묻지도 않는데 자신을 소개했다.

나, 네팔 사람.

그는 손바닥을 펴 한국에 온 지 다섯 달이 됐다고 얘기했다. 손가락 마디마디에 허옇게 박인 굳은살이 눈에 띄었다. 이름은 남쁘로모따. 혀가 짧은 데다 한국어 발음이 서툴렀는데, 헷갈려 하는 나에게 자신의 여권을 보여 주며 한 글자씩 또박또박 끊어 말했다. 여권 속 증명사진 또한 보라색 체크 셔츠 차림인 것을 보니 왠지 모르게 그가 정직한 사람일 것 같다는 생각이 들었다.

실제로 내가 새벽 일찍 개미인력으로 출근했을 때 사무실 안에는 남쁘로모따 혼자뿐이었고 그는 끙끙거리며 정수기 물통을 교체하고 있었다. 얼마 안 가 소장으로 보이는 사람이 들어와 그에게 왔어? 하며 말을 건넨 것을 보면 남쁘로모따는 소장보다 먼저 도착한 것이 틀림없었다. 첫 출근이라 안전화가 없는 내게 소장이 발 사이즈를 물어보고 있을 때 남쁘로모따는 가죽 의자에 앉아 흥미로운 듯 그 모습을 지켜보고 있었다.

소장이 수없이 전화를 하며 업자들과 일감 이야기를 나누고 인부들이 출근했다가 현장으로 떠나기를 반복했다. 하지만 어째서인지 마지막까지 나와 남쁘로모따는 같이 일을 기다리고 있는 처지였다. 나는 첫 출근이었고 남쁘로모따는 삐쩍 야윈 데다가 한국말도 서툴렀기에 소장은 중요한 오더에는 우리를 보내지 않는 것 같았다. 나중에 안 사실이지만, 보통 7시 30분쯤 되면 일이 없음을 알고 진작 하나둘 집으로 돌아가기 마련인데 당시에는 남쁘로모따도 나도 나름 절박했는지 뭐라도 한 가닥

잡는 심정으로 버티고 있었다. 시간이 지나자 소장은 조용히 어딘가로 사라져 버렸고, 나와 남쁘로모따 둘만이 사무실에 남아 창문 밖으로 지나가는 사람들을 멍하니 주시하거나 탁자 위 조간신문을 괜히 들춰 보았다. 내 주제에도 남쁘로모따의 모습이 몹시 처량해 보였기 때문에 동정하는 속내를 그에게 들켜 버리는 건 아닐까 몰래몰래 그를 흘겨보았다. 그렇게 길거리차의 엔진음을 제외하곤 견디기 힘든 정적이 한참 동안 흘렀다. 8시가 되었을 무렵 집으로 돌아가기 위해 일어나려는데 그가 어디 가요? 하고 물었다. 집에 간다고 짧게 대답한 내게 그는 이어 말했다.

그거 알려 줘요, 나도.

첫 출근부터 일을 공쳤다고 생각하니 초조하고 막막했다. 그나마 마침 피곤했던 참에 고된 노동을 하지 않아도 된다는 안도감과 손에 쥐고 있는 스포츠토토 당첨만이 당장에 유일한 희망이자 위안이었다. 나는 사무소를 나서 남쁘로모따와 함께 인근 복권방으로 향했다. 복권방에 들어서자 외국인에게 한국의 낯선 것을 알려 주고 체험시켜 줄 때 느끼는 허영심이 약간 들었다.

남쁘로모따는 스포츠토토의 원리를 상당히 빠르게 이해했다. 나는 네팔에도 이런 게 있나, 하고 물어보려다 이내 말도 안 되는 소리라고 생각하고 끅끅 웃음을 참았다. 대신에 두 경기부터 최대 열 경기까지 걸 수 있고 전부 다 맞혀야만 당첨이 되는 것이라는 말을 번역기를 사용하여 애써 설명해 주었다. 남쁘로모따는 내 말을 전부 알아듣는 것 같지는 않았지만, 감이 잡힌다는 듯 흰 이를 드러내 보이며 웃었다. 그러곤 그 자리에서 주머니를 뒤져 3천 원을 꺼내 그대로 베팅했다. 사뭇 진지한 모습으로 순식간에 다섯 경기를 찍었다. 주인으로부터 그가 건네받은 토토 종이의 당첨 금액은 7만 원 하고도 몇백 원이었다. 우리는 손에 스포츠토토 종이를 한 장씩 쥐고 각자 집을 향해 걸었다. 남쁘로모따는 공교롭게도 인력사무소 뒤편 터미널 옆 골목에 있는 '투투장'이라는 여관에서 묵고 있었다. 내 원룸에서 걸어서 5분 정도 걸리는 거리였다. 나는 영업을 할 수 있을지 의심이 되는 그 낡은 건물 앞까지 남쁘로모따를 배웅한 셈이 되었는데, 그는 여관 출입문 안으로 들어가기 전 잠시 멈칫하고 손가락으로 위를 가리키며 비싸, 비싸, 여기 비싸,라고 말했다. 나중에 들은 것이지만 남쁘로모따가 지내는 달방 가격은 월 45만 원이었다.

*

다음 날 출근했을 때 역시 남쁘로모따는 혼자 사무실에 앉아 기다리고 있었다. 오전 5시 20분이었기 때문에 소장도 보이지 않았다. 그는 나를 보더니 씩 웃고는 형, 형, 커피, 커피, 하면서 커피와 종이컵을 건넸다. 제법 친해졌다는 것을 티 내려는 행동 같았다. 나는 괜히 우쭐해진 채로 남쁘로모따에게 나이를 물었다. 그는 투이니 쓰리, 이십삼, 이십삼,이라고 말하며 손가락을 폈다 접었다 했다. 나이가 많을 줄 알았는데 정작 나보다 다섯 살이나 어리다는 걸 듣곤 많이 놀랐다. 하지만 그것보다 더 놀랐던 것은, 남쁘로모따가 나에게 종이를 한 장 건넸을 때였다. 난 즉시 스포츠 스코어 사이트에 들어가 지난밤 경기 결과를 확인했다. 남쁘로모따는 다섯 경기를 전부 맞힌 게 확실했다.

나 잘해, 나 잘해.

남쁘로모따는 자랑스럽게 웃었다. 나는 남쁘로모따에게 핸드폰 번호를 물었다. 그는 고개를 몇 번 끄덕이며, 청바지 주머니에서 핸드폰을 꺼냈다. 그리고 그것을 이내 못마땅한 눈빛으로 쳐다보더니 또 한 번 손가락으로 핸드폰을 가리키며 비싸, 비싸, 하곤 나에게 건네주었다. 보려고 본 것은 아니었지만, 주소록에는 연락처가 아홉 개밖에 없었다. 내가 열 번째로 주소록에 등록된 사람이라고 생각하니 금세 친해진 것만 같았다. 나는 남쁘로모따 핸드폰에 스포츠 스코어를 실시간으로 확인할 수 있는 앱을 설치해 줬다. 그는 다운로드받은 앱을 켜서 만지작거리더니 형, 좋아, 이거, 하며 엄지손가락을 치켜세웠다. 우리가 그러고 있을 때쯤 많은 인부가 출근했고, 개미 소장은 문밖에서 어딘가로 계속해서 전화를 해 댔고, 동이 텄고, 이윽고 한두 사람씩 어디로 사라지더니 조금 지나 남쁘로모따도 회색 그랜드카니발을 타고 중국인 노동자 둘과 함께 일터로 나갔다. 남쁘로모따는 나를 보고 응, 갔다 와, 갔다 와, 손을 흔들며 차 뒷좌석에 올라탔고 나는 그 모습을 보며 엄청 웃어 댔다. 얼마 지나지 않아 나 혼자만 마지막까지 일을 가지 못했다는 걸 알고 약간의 화가 치밀었다. 놀리려는 건지 소장은 내일도 한번 일찍 나와 보라며 내 등을 두 번 정도 토닥여 주었다. 모자를 잠시 벗은 소장의 머리가 아침 햇살을 받아 교교하게 빛이 났다. 전날과 합쳐 이틀째 출근만 하고 일당은 받지 못한 채 인력사무소를 나섰다. 캄캄한 새벽에 원룸을 나섰다가 허탕을 치고 집으로 돌아가는 길 아침 풍경은 꼭 밤을 꼬박 새운 것과 같은 기분이 들게 했다. 나는 해장국 값도 아까워 집에 가서 라면 두 개를 끓여 먹었다. 면 먼저 건져 먹은 후 국물에 밥을 말아 먹곤 해가 질 때까지 잠을 잤다. 다음 날도 인력사무소에 나가야 했기 때문에 어쩔 수 없이 새벽녘이 되어 잠자리에 누웠지만, 머리가 너무 맑아 일어나고 눕기를 반복하다가 결국 날을 새웠다.

*

다음 날 역시 남쁘로모따와 나는 어깨를 펴고 분주히 자세를 바꾸어 가며 나름의 방식대로 소장과 눈을 마주치려 하고 있었다. 전화를 끊은 소장이 말했다.

이름이 뭐였더라, 항제 씨? 항제 씨, 가자. 그리고 어…… 남쁘로모따, 너도 와. 나는 드디어 일을 나간다는 기쁨과 약간의 두려움에 잠시간 망설였지만 남쁘로모따는 이미 검은색 등산 가방을 한쪽 어깨에 멘 채 후다닥 뛰쳐나가고 있었다.

야, 어디 가!

소장은 남쁘로모따를 향해 소리쳤다. 다시 돌아서는 남쁘로모따에게 소장은 어딘 줄 알고 가느냐며 우리를 부른 뒤 종이 한 장을 건넸다.

너희 둘이 택시 타고 가서 한 명이 계산하고 택시비는 영수증 끊어서 이따가 줘, 나한테. 그리고 내려서 이 번호로 전화해.

종이엔 주소와 전화번호가 적혀 있었다. 우린 택시를 탄 후 기사님에게 주소를 불러 주었다. 밖은 6시도 되지 않아 깜깜했다. 남쁘로모따는 가는 내내 스포츠 스코어 앱을 보고 있었다. 난 택시 창문으로 비치는 핸드폰 화면을 흘기며 우리와 같이 일을 기다리고 있던 한 아저씨가 소장에게 한 말을 떠올렸다. 그 단가 받고 누가 거기 가서 양중*하냐고, 손사래를 치던 것을 말이다.

---

* 장비를 이용해 자재(화물)를 옮기는 일을 건설 현장에서 부르는 말이다. 주로 중장비나 엘리베이터, 호이스트 등을 통해 옮기는 것을 뜻한다. 수레나 카트, 운반차(브리카)에 자재를 실어 나르는 것도 양중이라고 부른다.

소장이 준 종이엔 '김동필 반장'이라고 적혀 있었다. 난 택시에서 내려 담배를 물고 전화를 걸었다. 통화를 한 지 채 몇 분도 안 되어 2번 출입구 밖으로 키가 작은 한 남자가 걸어 나왔다.

개미에서 왔죠?

김동필 반장은 쭈뼛쭈뼛 서 있는 나와 남쁘로모따를 보곤 따라오라며 앞장서 출입구로 들어갔다. 경비원 아저씨와 목례를 나누는 김동필 반장 뒤로 나와 남쁘로모따가 따라 걷고, 양옆으로는 수십 명의 사람들이 줄지어 인식 기계에 얼굴을 가져다 댄 뒤 차례대로 출입구를 통과하고 있었다. 어떤 이에겐 한없이 길고 누군가에겐 아쉬우리만치 짧았을 새벽어둠이 못다 걷힌 시간이었다. 바쁜 움직임으로 분주한 공사 현장은 어쩐지 스산했다. 형편없는 내 처지를 스스로 고단하다고 생각했기 때문에 그랬던 것 같다.

어우, 키들 크시네. 일 잘하겠구먼.

앞서 걷던 김동필 반장이 고개를 반쯤 돌리며 말했다. 키가 크다는 건 작은 체구의 김동필 반장에게는 분명 일종의 부러운 점일 수 있겠지만, 서른 살이 다 되어 가는 난 스스로 남들보다 조금 큰 키 말고는 자랑할 만한 것이 단 하나도 없었다. 이 나이 먹고 키만 큰 사람. 남쁘로모따는 어리기라도 하지. 난 이렇게 겨우 하나라도 찾아낸 칭찬을 들을 때마다 엄마가 종종 하던 태몽 얘기가 떠올랐다. 세상에서 단 하나뿐인 볍씨를 까먹다가 바다에서 떠오르는 태양 빛에 눈이 부셔 깨 버렸다는 꿈.

그 볍씨가 아궁이만 했다니까, 늘 말하던 엄마는 내게 약간의 긍정적인 일이 생기기라도 하면 그거 봐, 역시 꿈은 틀리지 않았다며 항제 너는 정말 큰일을 할 거야, 하곤 내 볼을 어루만지곤 했다. 그런데 이게 참 무서운 것이 엄마 말이 사실이 아니라는 걸 깨달아 가는 과정에서도 한편으론 꽤나 철석같이 그 확신을 믿었다는 것이다. 그렇게 실력도 없고 가진 것도 없으면서 자신감에 차 참 오랜 시절을 보냈다. 하지만 지금은…… 태양이고 볍씨고 얼어 죽을, 꽁꽁 간직해 왔던 막연하고 터무니없는 믿음은 천천히 깨져 버렸고 이제 그 조각은 고스란히 과거를 돌이킬 때마다 나 자신을 찌르고 후회하게 만들었다. 나는 그 아픔과 자책을 극복하지는 못했지만 나름의 해결책을 찾아가고 있었다. 돈만이 오로지 나를 구원해 줄 수 있다는 새로운 믿음이었다.

오늘은 우선 이거 써요.

김동필 반장이 건넨 안전모 앞면에는 모르는 이름이 큼직하게 적혀 있었다. 이마가 닿는 부분이 너덜너덜 닳아 있고 악취가 심해 불쾌했지만, 바꿔 달라고 하지는 못했다. 나와 남쁘로모따는 모자를 받아 들고 간이 사무실에 들어가 옷을 갈아입었다. 각반을 차고 있던 내게 김동필 반장은 오늘은 나만 따라다녀요, 하고 말했다. 남쁘로모따는 나를 쳐다보곤 흐뭇하게 웃었다.

65층 펜트하우스 옥상 정원으로 자재를 옮기는 게 그날 우리가 해야 할 일이었다. 태양광 패널을 달기 위해 설치해 줘야 하는 비계 자재를 종일 호이스트*를 통해 실어 나르는 작업이었다.

여기 오늘 양중해요?

두 손에 아무것도 들지 않은 한 반장이 우리를 향해 말을 던지곤 대답도 듣지 않고 지나갔다. 나는 김동필 반장에게 양중이 무엇이냐고 물어보았지만 돌아오는 대답은 물건 나르는 거지 뭐, 정도였다. 자재를 손수 몸으로 옮겨야 하는 곰방**은 아니었지만, 좁은 엘리베이터나 호이스트까지 실어 날라 집어넣고 다시 빼내는 일은 결코 만만치 않았다. 먼저 지게차로 자재를 떠서 호이스트 앞쪽으로 최대한 붙여 놓았다. 김동필 반장이 결속되어 있는 반생***을 절단기로 자르자마자 다들 달라붙어 고시원 방 하나 크기 정도의 호이스트에 각종 부자재들을 받아날랐다. 한 짐 가득 싣고 나니 허리가 저려 왔다.

이제, 그만. 한 번 올라갔다 옵시다.

건물 외벽에 달린 호이스트는 옥상까지 큰 굉음을 울리며 올라갔다. 속도가 너무 느려 중간중간에 건물 안쪽에서 호이스트를 기다리고 있는 반장들과 눈이 마주치기도 했다. 피골상접한

---

* 건축물 외벽에 엘리베이터처럼 화물을 실어 나를 수 있게 해 주는 상하 수직 궤도의 승강기(리프트) 장치.
** 건축 자재를 인력으로 운반하는 일. 주로 사람이 직접 몸으로 나르는 것을 말한다.
*** 강력한 고온에서 구운 철삿줄. 건설 현장에서 자재 따위를 묶거나 고정할 때 주로 쓰인다.

광부들이 케이지에 탄 채 지하갱도로 들어가는 비장한 표정 같은 그런 흑백 다큐멘터리의 한 장면 따위를 생각하고 있었는데 그런 건 없었다. 그것보다는 바닥과 천장을 뺀 네 면이 모두 격자무늬로 구멍이 뚫려 있어 다리가 바들바들 떨렸다. 점점 까마득해지는 지상과의 거리가 고스란히 온몸으로 전해졌다. 65층까지 올라가는 2분 동안 나는 거의 아무것도 할 수 없었다. 반면 남쁘로모따는 벽 쪽이 아닌 바깥쪽에 붙어 신난 표정으로 아래를 내려다보며 경치를 구경하고 있었다. 꼭대기 층에 도착하자마자 나는 재빨리 건물 쪽 출입구로 붙어 옥상으로 발을 디뎠다. 허공에 떠 있는 것 같은 느낌을 견디기 어려웠다.

어이, 무서워요? 한 대 빨고 합시다.

김동필 반장은 바짝 졸아 있는 나를 보며 웃더니 담배 케이스에서 담배를 꺼내 입에 물었다. 나도 뒤따라 담배에 불을 붙이고 쪼그려 앉았다. 로프를 이용해 임시로 쳐진 난간 사이로 내려다보이는 지상의 것들은 아주 느리게 움직이고 있었다. 차들은 눈길을 나아가는 듯 좀처럼 속도를 내지 못했고 인부들은 큰 먼지처럼 보였다. 이름 모를 산들 사이에 있는 건물들을 보며 저기는 어디지, 건물이 에쁘네, 경희대학교인가, 히고 혼지 중얼거렸다. 높아서 그런지 바람이 아주 시원하게 불었다. 담배를 피우지 않는 남쁘로모따는 저 멀리 떨어져 앉아 하늘을 올려다보고 있었다. 김동필 반장이 엉덩이를 털며 일어나 담배를 튕겨 끈 후 65층 공중에 서 있는 호이스트 안으로 들어갔다. 인력

사무소에서 온 용역 둘은 뭘 저렇게 일을 바로 시작하냐는 눈빛으로 김동필 반장을 흘겨보면서도 주섬주섬 장갑을 끼고 호이스트 쪽으로 몸을 움직였다. 안에 쌓인 자재들을 김동필 반장이 뽑아 들어 한 반장에게 넘겨주었고, (한국인인 줄 알았지만 안전모에 '알렉산더'라고 적혀 있었다.) 알렉산더가 남쁘로모따에게, 남쁘로모따는 나에게, 나는 다시 옆에 있는 반장에게 자재를 건넸다. 내 옆에 있던 늙은 반장이 옥탑 구석에서부터 차곡차곡 자재를 쌓기 시작했다. 횡대는 길이별로 나눠 바깥쪽으로 놓고 아시바 발판은 벽면에 딱 붙여 쌓아 두었다. 발판을 내려놓을 때마다 모래 먼지와 은빛 쇳가루가 주변으로 날렸다.

설치에 필요한 비계 자재 양은 생각보다 정말 많았다. 퇴근 시간이 다 되어서도 일을 끝내지 못했고 결국 3시 50분에 호이스트를 타고 지상으로 내려와야 했다. 김동필 반장은 떨고 있는 내게 내일도 출근할 수 있냐고 물었다. 남쁘로모따는 옆에서 고개를 크게 끄덕였지만, 나는 상황을 조금 봐야 할 것 같다고 했다. 퇴근 시간이었기에 망정이지 하루는 너무 길었고 내일도 과연 호이스트를 타고 오르내릴 수 있을지 막막했다.

다시 택시를 타고 개미인력에 도착해 영수증을 보여 주고 소장에게 일당을 받았다. 어차피 내 돈으로 계산했지만, 일당에 택시비를 추가로 받은 게 왠지 돈을 더 번 것만 같아서 근처 김치찌개 가게에 가 남쁘로모따와 소주를 사 먹었다. 마음 편히 이런 걸 사 먹으려면 당분간 며칠 동안만은 일을 나가야 하나

싫었다. 게다가 직영 소속인 김동필 반장이 내일도 나올 수 있냐고 물었다는 건 나와 남쁘로모따의 일하는 모양새가 썩 나쁘지 않았다는 걸 의미하는 것 같았다. 괜히 고급 인력이 된 느낌이랄까. 남쁘로모따와 고민 끝에 우린 다음 날도 출근하기로 했다. 김동필 반장에게 전화를 걸어 두 명 다 출근할 수 있다고 얘기하자, 그러쇼, 내일 봐요,라는 대답이 돌아왔다. 개미인력 소장은 이제는 사무실을 거치지 말고 바로 현장으로 출근하라고 했다. 30분은 더 잘 수 있는 시간을 번 셈이었다.

다음 날 새벽에 일어났을 땐 개미인력 소장으로부터 '출발하셨어요?'라는 문자가 와 있었다. 나는 메시지를 미리보기로 확인한 후 모로 누운 채 한참을 고민했다. 전날의 패기는 자고 나니 허상에 불과했다. 허리가 뒤로 젖혀지지 않을 정도로 쑤셨다. 아침 체조와 호이스트, 먼지에 싸인 채 함바집에서 밥을 먹어야 하는 일, 퇴근까지의 긴 기다림과 땀 냄새를 풍기며 버스에 올라타야 할 하루를 생각하니 두렵기만 했다. 해도 뜨지 않았는데 버스를 타러 나가야만 하는 길은 세상을 바꿔야 하는 일처럼 막중하게 다가왔다. 하지만 그렇다고 또 니기지 않자니 온갖 욕을 들을 것 같았고, 나아가 이 바닥에선 앞으로 발붙일 수 없을 것이라는 예감까지 들었다. 고민을 거듭하는 사이 창밖에 건너편 오피스텔 방에 불이 하나 켜졌다. 커튼 사이로 사람이 움직이는 모습이 희미하게 보였다. 저 사람도 출근 준비를 하는군. 나는 안전화를 중고로 구매하며 다짐한 의기를 되새기며 일어나 화장실로 향했다. 현장에 도착했을 땐 남쁘로모따와 김동필 반장, 그리고 알렉산더라는 사람과 늙은 반장이 플라스틱 의자에 앉아 인스턴트커피를 마시고 있었다.

옷을 갈아입고 현장 컨테이너 밖에서 담배를 피우고 있을 때 남쁘로모따가 웃으며 내게 걸어왔다.

형, 이거 봐.

남쁘로모따는 까만 손으로 반쯤 접힌 종이를 내게 건넸다. 토토 베팅 종이였다. 적중 예상 액수는 25만 원, 베팅액은 고작 1만 원이었다. 무려 25배당이나 되는 게임을 나는 굳이 경기 스코어를 확인하지 않고도 남쁘로모따의 표정만으로 그가 맞혔다는 것을 알 수 있었다.

밥 사 줄게, 형.

우리 일당이 13만 원이었으니 거의 이틀 치 일당을 마킹 몇 번으로 따낸 것이었다. 이야. 뭐야, 이걸 딴 거야? 나는 축하한다는 말을 입 밖으로 내지 않으면서 축하의 뜻을 나름 내비쳤지만, 돌이켜보면 그때 내 표정은 묘하게 굳어 있었기 때문에 남쁘로모따는 내가 속으로 배 아파하고 있다는 것을 눈치챘을 것 같다. 이거 절대 다른 사람들한테 얘기하지 마, 사람들이 안 좋아해. 게다가 못마땅한 내 기분을 들키지 않으려 괜한 사람들을 들먹여 가며 못난 말을 덧붙이기까지 해 버렸다. 나와 남쁘로모따 말고 스포츠토토를 하는 사람들은 이 현장에는 말 그 대로 널려 있었고 토토를 한다는 걸 이상하게 보는 이 또한 거의 없었는데도 말이다. 어쨌거나 나는 그날 일을 마치고 남쁘로모따에게 짬뽕과 소주를 얻어먹었다. 남쁘로모따는 사장 이모가 소주를 테이블에 올려놓을 때 손가락으로 가리키며 비싸, 비싸,라고 얘기했지만, 계산할 때에는 얼마가 나왔는지도 모르고 실실 웃기만 했다.

다음 날 출근했을 때, 나는 실색할 수밖에 없었다. 남쁘로모따가 나에게 건넨 15배당이나 하던 종이의 베팅액은 무려 5만 원, 그러니까 총 당첨 금액 75만 원짜리였기 때문이었다. 결과는 적중이었다. 꼬박 1주일 치 일당이었다. 고백하자면, 나는 이쯤부터 속으로 남쁘로모따를 시샘하기 시작했다. 남쁘로모따에게 스포츠토토를 알려 준 내 잘못된 선택을 후회했고, 선심 쓰듯 내게 밥을 사 주는 남쁘로모따가 못마땅했다. 그리고 무엇보다 남쁘로모따가 점점 일을 열심히, 적어도 예전처럼은 하지 않는 것 같아 보이기 시작했다. 며칠 동안을 날다람쥐처럼 일하던 그가 의도적으로 꺼려지는 일은 피하려고 하는 게 느껴졌다. 그러다 얼마 못 가 사건이 하나 터졌다.

*

오늘도 천천히 안전하게 작업하십쇼.

안전 구호와 함께 TBM*을 마치며 현장 소장이 말했다. 나는 벨트와 물을 챙겨 사무실에서 나왔고 남쁘로모따는 내 뒤에서 스포츠 스코어 앱을 보며 따라 걷고 있었다. 현장으로 가는데 소장이 잠시 김동필 반장을 불러 세웠다. 소장의 입꼬리가 묘하게 꿈틀댔다.

반장님, B동 좀 오늘까지 끝내 주십쇼.

김동필 반장은 난감한 표정이었으나, 소장의 말에 고개를 몇 번 끄덕이곤 아무 일 없다는 듯 절뚝이며 걸어갔다. 벨트 뒤에 걸린 공구가 부딪치며 쩽, 쩽, 하는 소리가 났다. 몇 걸음 가던 김동필 반장이 입을 열었다.

정신 빠진 소리 하고 앉았네. 천천히 안전하게 작업하면 어떻게 오늘까지 끝내나.

내가 봐도 B동 비계를 오늘 안에 해체하기란 너무 벅차 보였다. 뜯어야 할 구간도 긴 데다가 8층 높이까지 올라가 있었기 때문에 받아치기를 해도 시간이 꽤 걸릴 게 뻔했다. 일손이 달릴 것을 알고 소장이 개미인력에서 사람 두 명을 더 불렀음에도 작업을 마무리할 수 있을지는 장담하기 어려워 보였다. 못 끝낼 것 같은데. 나는 김동필 반장이 들을 수 있을 정도로 크게 얘기했다. 남쁘로모따는 스포츠 중계를 확인하느라 아무 신경도 쓰지 못하는 것 같았다. 그즈음은 나와 남쁘로모따가 비계

---

* tool box meeting. 작업 개시 전후에 현장 근처에서 직장(職長)이나 감독자가 작업자들에게 작업 지시를 하거나 주의 사항을 전달하는 것. 또는 감독자와 작업자가 대화하는 것.

공으로 일한 지 한 달 가까이 되었기 때문에 현장은 제 동네처럼 속속들이 파악하고 있었고, 일에는 제법 눈도 손도 익어서 웬만한 기공들이 하는 일까지 종종 거들 수 있는 수준이었다. 그날 역시 남쁘로모따는 벨트를 차고 높은 곳에 올라가 횡대를 쳐서 빼는 해체 작업을 도울 예정이었다. 하지만 남쁘로모따는 경기 중계를 실시간으로 확인하느라 오늘 안으로 B동 비계를 해체해야 하는지 인식하지 못했고, 나는 그걸 알면서도 굳이 남쁘로모따에게 얘기해 주지 않았다.

여느 때와 다르게 비계 해체 작업이 시작되었다. 속도도 평소와는 달랐다. 기공 반장들이 미친 듯이 아시바 발판을 뜯고 횡대를 쳐 빼내는 것을 보고서야 남쁘로모따는 무언가 잘못됐다는 것을 알아차린 것 같았다. 뒤늦게 작업 속도를 끌어올렸지만 딱 보아도 다른 곳에 정신이 팔려 있어 몸과 마음이 따로 놀았다. 마르고 긴 팔로 탕, 탕, 소리를 내며 곧잘 횡대를 때려 내나 싶었는데 그 쉴 새 없는 굉음 사이 어디선가 야! 하는 비명이 순식간에 들려왔다.

작업 중단!

모두가 소리 나는 쪽을 쳐다봤을 땐 안전 관리자 한 명이 양팔을 위로 흔들며 달려오고 있었다. 지상에 어지러이 쌓인 자재 사이로 한 반장이 쓰러져 있는 게 보였다. 오늘 처음 인력사무소에서 나온 단우라는 젊은 남자인 것 같았다. 뭐야, 무슨 일이야. 김동필 반장이 아시바를 빼다 말고 아래를 내려다보았다.

옆을 보니 남쁘로모따가 망연자실한 표정으로 자신의 이마를 쓸어 만지고 있었다. 안전 관리자가 쓰러져 있는 사람의 의식을 확인하고 무전기로 연락을 취하자 주위에 있던 다른 관리자들도 속속들이 B동 비계 아래로 모여들었다. 몸에 힘이 쭉 빠진 채 쓰러져 있는 단우라는 사람 입에서 목탁을 두드리는 것 같은 신음이 새어 나오고 있었다. 흙에 살짝 묻혀 있던 쇠로 된 신호대*를 한 안전 관리자가 빼 들었다.

이거, 누가 떨어뜨린 거예요?

그 이후로 남쁘로모따는 현장에 나오지 못했다. 며칠을 안전 관리팀에 불려 다니며 종종 소장과 함께 현장 사무실에는 모습을 드러냈지만 더 이상 각반이나 벨트를 찬 그의 모습은 볼 수 없었다. 나는 사건 후에도 석 달을 더 비계공으로 근무했다. 완공 직전까지 현장을 지키다가 마지막 날 다른 현장으로 가 몇 달 더 일해 줄 수 있냐는 김동필 반장의 제안을 거절했다. 다시 개미인력으로 복귀해 당분간 소위 말하는 잡부 일을 나가기로 했다.

남쁘로모따는 이후 인력사무소에는 종종 모습을 드러냈다. 그럴 때마다 항상 꿍한 표정으로 스포츠 스코어 앱을 들여다보았고, 같이 토토를 하는 친구들을 몇 사귀어 일을 나가기 전까

---

* 건설 현장에서 사용하는 끝이 뾰족한 철제 공구. 주로 반생을 엮는 데에 쓰이며, 파쇄나 조립을 위해 망치나 빠루 대신 사용하기도 한다.

지는 매일 그들과 경기 이야기를 해 댔다. 일이 끝나면 근처 복권방에 가서 맥주를 마시며 어두워질 때까지 베팅을 했고, 한 현장에서 꾸준히 일하는 법은 없었다. 내가 근황을 물어도 됐어, 날렸어,를 반복하며 일이나 고향 얘기가 아닌 전날 베팅한 토토 얘기만 했다. 갈수록 사무실에 나오는 횟수도 적어졌기에 얼마 안 가 그마저도 듣지 못하게 되었다.

나는 그즈음 며칠간 근처에 신축 중인 오피스텔 건설 현장에서 배관공 보조로 일하고 있었다. 호이스트로 9층 높이 정도 올라가면 남쁘로모따가 묵고 있는 투투장 옥상이 훤히 내려다보였다. 그때마다 난 남쁘로모따를 떠올렸다. 분명히 딴 돈으로 또 베팅을 하고 잃고 따고를 반복하고 있겠지. 물론 남쁘로모따는 적중률이 높았기 때문에 어쩌면 이미 꽤 큰 액수를 모았을지도 몰랐다. 그래도 불안한 마음은 쉽사리 가시질 않았다. 그래서 투투장 근처 통닭집에서 숯불치킨과 소주를 시킨 후 남쁘로모따를 불러내었다. 도움의 손길을 건넬 요량이었다.

약속된 시간보다 한참 늦게 남쁘로모따가 보라색 체크 셔츠 차림으로 치킨집으로 들어섰을 땐 역시 종이 몇 장이 손에 들러 있었다. 형, 뭐야. 날 보자미자 싱글벙글 웃던 남쁘로모따는 우물우물 치킨 뼈를 발라 가면서도 어김없이 스포츠 경기 중계를 확인했다.

야, 너, 그거 중독이야.

이제 토토를 그만하고 일을 다시 성실히 나가는 게 어떻겠냐는 설득이었지만 나도 모르게 말에 화가 약간 섞여 들어갔다. 하지만 남쁘로모따는 중독이라는 단어를 이해하지 못한 듯했다. 반응도 심드렁했다. 외려 아침에 잠깐 얼굴만 비추고 전화만 돌리는 개미인력 소장이 출근한 사람들의 일당 10퍼센트 몫을 가져가는 것처럼 자기도 토토로 돈을 모아서 개미 소장처럼 될 거라는 허황된 말을 했다. 나는 무언가 잘못되었음을 느꼈지만, 분명 소장이라는 사람도 몇십 년 전에는 우리처럼 호이스트로 비계 자재를 나르고 타일 옮기고 무덤 파고 페인트 바르고 시멘트도 섞고 모내기 판 옮기고 미역잡이 배에 타 채취도 하고 약도 쳤을 것이며 탄소강관을 짊어지고 엘리베이터 없는 아파트도 맨다리로 오르던 시절이 있었을 것이라고 구구절절 설명해 주었다.

우리도 초반에 무릎 근육통 온 걸 마치 인대라도 나간 줄 알고 식겁했잖아.

술기운이 올라 그런지 쓸데없는 애기를 해 가며 점점 간절해지는 나 자신에게 놀랐다. 그럼에도 남쁘로모따는 영 엉뚱한 소리만 늘어놓았다.

우리, 오래 일하면 소장 돼?

말도 안 되는 물음에 치킨 무를 씹으며 그치, 그럴 수도 있지, 라고 대충 대답했다. 사실 속으로 남쁘로모따가 진심으로 묻는 건지 나를 떠보려는 수작인지 헷갈렸기 때문에 인력사무소에 출근하다가 어느 순간 하나둘씩 사라지는 사람은 숱해도 소장이 되었다는 사람은 본 적 없다는 말은 꺼내지 않았다.

이제 일한다, 열심히.

분명 남쁘로모따는 이렇게 대답했다. 하지만 나는 당시 무슨 영문인지 이 말이 남쁘로모따가 나를 적당히 피하려고 다짐했다는 하나의 신호로 받아들였다.

다음 날 출근했을 땐, 개미 소장이 씩씩대고 있었다.

너, 남쁘로모따, 이 새끼 봤어?

나는 네, 어제 아침에 봤잖아요,라고 말했다가 괜한 욕을 한 소리 들었다.

이 새끼 일은 안 하고 요즘 요령만 피우고, 시에서 하는 사업인데 펑크나 내고, 못된 놈이네, 이거 완전.

소장은 이를 부득부득 갈았다. 나는 무슨 일이냐고 물었다. 소장은 주머니에서 담배를 꺼내 물고 불을 붙였다. 남쁘로모따는 어제 나갔던 현장에서 오전 일만 마친 후 점심을 먹고서 그대로 도망을 갔다고 했다. 심지어 어려운 작업이 아니라 보조 수준의 잔일이었는데도 간짜장에 군만두까지 먹어 놓곤 담배를 사러 간다고 말한 후 끝내 돌아오지 않았다고 했다. 결국 남은 사람들이 그 때문에 더 많은 수고를 했을 것이라고 말한 소장은 남쁘로모따에게 단단히 화가 난 것 같았다. 현장 팀장은 소장에게 다음부터는 외국인 노동자를 받지 않겠다는 말까지 꺼냈다고 했다.

전화기도 꺼 놓고 말이야, 이 새끼 작정했구먼, 아주.

나는 밖으로 나가 담배를 피우면서 남쁘로모따에게 전화를 걸었다. 전화기 전원은 꺼져 있었다. 다시 한동안 남쁘로모따를 볼 수 없었다.

*

점점 추위가 풀리는 것 같았지만, 아직은 난로를 피우지 않고선 아침 일을 기다리기가 힘들었다. 남쁘로모따가 일을 나오지 않고, 내 전화를 받지 않은 지는 보름이 다 되어 갔다. 일을 기다리며 담배를 피우고 있을 때, 누군가 내게 다가왔다. 알렉산더였다.

남쁘로모따 개새끼. 얘, 어디 있어?

알렉산더는 분을 못 이기는 듯 고개를 끄덕이며 이 새끼 도망갔어. 남쁘로모따,라고 말하더니 주위를 두리번거리며 담배를 물었다. 그는 내게 어디 있어, 너 몰라? 내 돈, 내 돈 가져갔어, 안 와, 어디 있냐,라고 연거푸 몰아쳤다. 나는 당황했기 때문에 나도 몰라요,라는 한마디로 딱 잘라 말해 버렸다. 알렉산더는 사무소를 들락날락하며 나뿐 아니라 다른 이들에게도 무어라 성을 냈다. 개미 소장이 오고 나서야 밝혀진 건, 피해자가 알렉산더뿐만이 아니라는 것이었다. 남쁘로모따는 적게는 3만 원, 많게는 50만 원을 인력사무소에 출근하는 외국인 노동자들한테 빌렸다고 했다. 알렉산더는 그중 최고액인 50만 원을 남쁘로모따에게 빌려주었고 이는 이미 소장도 대충 알고 있었다. 이 바닥의 많은 사람들이 남쁘로모따를 벼르고 있었다. 나는 일을 마치고 곧장 투투장으로 향했다.

출입문 위쪽에 녹슨 종이 달려 있어 문을 열자마자 요란한 소리가 났다. 카운터 간유리 틈새로 음침한 조명 빛이 희미하게 새어 나오고 있었다. 사장님, 하고 두어 차례 불렀을 때에야 구석에서 이불을 반쯤 덮고 모로 누워 있던 주인아주머니가 일어나 천천히 카운터로 얼굴을 내밀었다. 그녀는 내가 말을 먼저 걸기를 기다리기라도 하듯 멀뚱히 내 입을 쳐다보고만 있었다.

무슨 일로 왔어요?

사람을 찾고 있는데요…… 같이 일하던 친군데 여기서 장기투숙 중입니다. 네팔 사람이고, 키는 대충 이 정도에…….

손바닥을 아래로 향하게 하여 머리 위로 들어 올렸을 때 아주머니는 아, 그 친구, 하며 입을 열었다.

갔지, 진작 갔지.

무슨 말이냐며 묻기도 전에 아주머니는 이어 말했다.

한 5일 됐나, 하도 안 들어오길래 무슨 일 있나 싶어 들어가 봤지. 사라졌더라고. 캐리어도 없고……. 그래서 그냥 다 정리해 버렸어. 나 여관만 25년째야. 딱 보면 알아. 갔어, 간 거야.

아주머니는 숨을 골랐다.

아니, 근데, 그 있잖아, 그 뭐냐, 내가 진짜…… 그니까 그 로 또 종이가 얼마나 많던지 방 안에 갈기갈기 찢어져 널려 있는 데 어떤 건 이불 밑에 들어가 있고 화장실 칫솔 컵 안에도 있 지. 술병은 또 나뒹굴지, 군데군데 컵라면 국물 찌꺼기는 얼마 나 묵었는감 지워지지도 않아. 방 치우는 할머니만 고생했지. 말도 마, 내가…….

비록 방에 들어가 보지는 않았지만 아주머니의 말대로 잔뜩 어질러진 방 안 어딘가에 걸터앉아 스포츠 스코어를 보고 있을 남쁘로모따가 순식간에 떠올랐다. 그 좁은 셋방 안에서 혹 나 를 원망하지는 않았을지 갑자기 두려워졌다. 나는 아주머니에 게 연신 사과를 건네고 투투장을 뛰쳐나왔다.

*

남쁘로모따의 잠적 후 1년 정도 지났을 무렵이었다. 나는 우 여곡절 끝에 공인중개사 시험에 붙어 신설동의 한 공인중개 사 무소에서 일을 배우고 있었다. 어느 날 청량리 근처 매물을 보 러 가다 마침 남쁘로모따와 일했던 아파트 현장 주변을 지나가 게 되었다. 역과 딱 붙어 있는 대형 쇼핑몰 건물과 아파트 출입 구가 마주하고 있어 인근이 복잡했지만, 문득 생각이 나 남는 시간에 근처를 둘러보기로 했다. 워낙 고가의 아파트인 데다

주위에 인파가 많아 경비가 나름 삼엄했지만, 공인중개사 명함을 건네니 손쉽게 단지 내로 들어갈 수 있었다. 내부는 역시 화려했다. 완공 때까지 보지 못했던 카페테리아 테라스나 아동들을 위한 스쿨버스 정류장도 눈에 띄었다. 꾸준히 관리를 해서 그런지 조경도 깔끔해졌고 중앙 분수대 앞 소나무의 녹음은 웅장한 멋을 주었다. 당시 크레인으로 이 나무를 심을 때 남쁘로모따와 함께 흥미로운 듯 그 모습을 지켜봤던 게 기억났다. 소나무 한 그루에 1억 5천만 원이나 한다는 얘기를 듣곤 손바닥으로 자신의 이마를 치던 남쁘로모따의 표정도 새록새록 떠올랐다. 우리는 이 나무 그늘에서 낮잠을 자면 꼭 로또에 당첨될 것만 같아서 햇살이 따뜻한 날엔 PP 마대*를 깔고 누워 있곤 했었다. 그때 그 자리엔 처음 보는 현무암 벤치가 들어서 있었다. 이게 여기 있으면 안 되는데, 하는 이상한 생각이 나도 모르게 들었다. 되는대로 거기 앉아 옛 생각에 젖어 그늘을 올려다보고 있는데 핸드폰 진동이 울렸다. 화면 상단엔 알림 표시가 하나 떠 있었다. 페이스북 메시지였다. 보낸 이의 이름은 읽을 수 없는 언어로 되어 있었다. 남쁘로모따였다.

―항제 잘 지내? 남쁘로모따입니다 보고 싶습니다 부탁 있습니다 미안합니다 나 네팔 가야합니다 정말 미안합니다 30만 원만 빌려줄 수 있습니다? 갚습니다 부탁합니다 새마을금고

* 폴리프로필렌(polypropylene) 재질로 만든 마대. 쉽게 찢어지는 일반 마대와 달리 가볍고 질기다. 주로 건설 산업 현장에서 폐기물을 담아 버리는 데 사용한다.

3370 418······.

나는 그 자리에 앉아 남쁘로모따에게 보낼 메시지를 수없이 썼다가 지웠다. 하지만 결국 아무 답장도 보내지 못했다. 대신 은행 애플리케이션에 들어가 은행 계좌 번호를 입력하고 30만 원을 눌렀다. 그가 어디선가 잘살고 있길 바랐다. 나는 30만 원을 지우고 다시 100만 원을 입력했다. 그리고 그대로 송금 버튼을 눌렀다. 정말 그가 어디선가 잘살고 있기를 바랐다. 나를 원망하지 않았으면, 하고 생각했다.

*

남쁘로모따는 왜 알렉산더나 중국인 노동자들에게 돈을 빌리면서 나에게만은 도움을 요청하지 않았을까. 나를 소중히 생각해서였을까? 아니면 자존심 때문이었을까. 그렇다면 왜 1년 뒤에는 내게 돈을 빌려 달라고 했을까. 펜스 너머의 보라색 셔츠를 입은 등이 굽은 남자를 보니 10여 년도 더 지난 일들에 대한 물음이 다시 한순간에 밀려오기 시작했다. 나는 가던 걸음을 멈추고 돌아섰다. 펜스 너머의 저 등이 굽은 남자가 남쁘로모따가 아니길 바라는 심정으로, 그의 핸드폰 케이스 사이나 주머니 어딘가에 반쯤 접힌 종이가 제발 없길 바라는 마음으로 출입구 쪽을 향해 다시 방향을 맞춰 걸었다.

 밤샘 아르바이트를 마치고 자기 위해 침대에 누워 있을 때 당선 전화를 받았습니다. 커튼 사이로 새어 드는 빛과 신나는 마음 때문에 잠이 오지 않았습니다. 누구한테 먼저 자랑을 할까, 그렇게 들떠 있는 와중에도 문득 이런 걱정이 스쳤습니다.

 야간에 일 가려면 잠을 자긴 해야 하는데…….

 돈은 둘째고 그보다 중요한 가치가 우선이라고 생각하며 살다가 최근 들어 빠듯한 현실에 치였습니다. 쉴 때도 편히 쉬지 못했고 수많은 숫자를 생각하며 초조해했습니다. 그러던 중 수상 소식을 들으니 다시 중요한 가치들이 떠올랐습니다. 욕망과 실현, 수입과 지출의 불일치가 커지고 불로 소득이 더 큰 가치와 부러움을 갖게 된 세상에서 노동에 대한 글을 쓸 수 있었던 것은 저에게 큰 기쁨이었던 것 같습니다. 하지만 한편으론 내가 이렇게 기뻐해도 되나, 하는 생각도 들었습니다.

 서울에 올라와서 일을 하다 보니 다수의 사람에게 이익이 되는 일은 의외로 많지 않았습니다. 기쁨은 자주 제로섬 형태를 띠었습니다. 누군가에겐 축하조차도 어려울 수 있겠구나, 생각했습니다. 자신의 처지와 환경에서 분투하지 않는 사람은 많지 않아 보였지만 비관으로 가는 길은 너무 많고 쉬워 보였습니다. 일을 하고 글을 쓰면서 더 많은 사람이 기뻐야 하고, 덜 아플 수 있어야 한다는 생각을 한 것 같습니다. 앞으로도 그럴 수 있었으면 하고 바라봅니다.

10여 년간 결식아동에게 거의 하루도 거르지 못하고 도시락을 싸서 배달했던 엄마와 아빠. 노동으로 몸과 마음 구석구석 망가진 두 분께 고생 많았다는 말을 먼저 전하고 싶습니다. 형편이 빠듯함에도 늘 주위에 어려운 사람을 먼저 돕고 챙기려고 했던 두 분 덕에 글을 쓸 수 있었습니다. 우석대학교 곽병창 교수님, 송준호 교수님, 문신 교수님, 고맙습니다. 문학뿐 아니라 참 많은 것을 배울 수 있었습니다. 존경합니다. 소설을 가르쳐 주신 최민우 교수님께도 깊은 감사를 전합니다. 최상명 교수님, 이대근 교수님. 좋은 가르침을 늘 못 따라가는 것만 같아 죄송할 따름입니다. 공부 열심히 하겠습니다. 청량리 롯데캐슬 신축 현장에서 약 아홉 달 동안 같이 시스템 비계 일을 했던 항제 형, 함께 먼지 먹고 땀 흘렸던 많은 반장님들께도 각별한 마음을 전합니다. 건강하시기를 바랍니다.

　심사를 봐 주신 김주욱, 노태훈, 하명희 선생님께 고개 숙여 감사를 전합니다. 더욱 깊고 올곧게 세상을 바라보겠습니다.

박도제

•

애완견이 된 감시견

박도제

1999년 내외경제(현 헤럴드경제)에 입사하여 사회팀장, 국회팀장을 거쳤
고, 2016년 공인노무사 자격을 취득한 후 기자노조 위원장, 통합노조 위
원장을 맡았다. 헤럴드의 사회부장과 문화부장을 역임했다.

"박 팀장, ○○기업 이번 달 광고 집행이 어렵다는군. 한번 알아봐 봐."

기자실에 앉자마자 휴대전화가 울렸다. 데스크 전화다. 월말이면 으레 있는 통화지만 항상 반갑지 않다. 광고 협찬 관련 내용이면 더욱 그렇다. 다 쓴 치약을 칫솔로 밀어내듯 영혼을 짜내야 한다. 기자 업무도 아닌데 몇 년째 그러고 있다. 먹고살려면 어쩔 수 없지 않냐는 자위도 더 이상 위로가 되지 않는다.

"연락해 볼게요."

기자실 밖으로 나갔다. 그런 통화는 외부에서 하는 것이 동료 기자들에 대한 예의다. 모두가 알지만 드러내고 싶지 않은 방 안의 코끼리 같은 존재. 누구는 자맥질이라고 하고, 누구는 앵벌이라 했다. 15층에서 엘리베이터를 타고 도망치듯 1층으로 내려갔다.

직장인들이 주차장 한편을 차지하고 있다. 담배 연기가 자욱하다. 휴대전화를 꺼내 기사를 검색한다. 좋은 뉴스는 립 서비스, 나쁜 소식은 압박용이다. 고상한 앵벌이를 위한 준비 작업인 셈이다. 휴대전화에서 초록색 버튼이 나타났다가 사라지길 수차례. 숨을 크게 들이마시고 버튼을 눌렀다.

"별일 없으시죠? 요즘 회사 실적도 잘 나오고 좋으시겠어요. 하하."

"팀장님이 잘 봐줘서 그렇죠. 항상 감사합니다."

"요즘 그쪽 업황이 워낙 좋잖아요. 올해는 파업도 없을 것 같네요. 하하."

"좀 더 지켜봐야죠. 근데, 어떤 일로 전화하셨어요?"

"아, 예, 오늘 데스크 전화를 받았어요. 이달 광고 집행이 어려울 것 같다고 하셨다고."

"아, 그거요. 내부 논의 중인데, 아직 결정 나지 않았어요."

"부장님이 신경 좀 써 주세요."

"예. 살펴볼게요. 다음엔 저희도 잘 봐주세요. 하하."

"여부가 있겠습니까? 하하."

불편한 거래다. 어색한 웃음으로 광고 협찬 문제를 해결했다. 최 부장은 손쉽게 기사 수정권을 얻었다. 언론도 산업이라는 현실은 기자들이 지켜야 할 윤리를 뭉텅뭉텅 깎아 먹었다. 연차가 쌓일수록, 직급이 올라갈수록 회사의 부당한 요구가 늘어났다. 광고 협찬은 기본이고 신사업 협조, 직장 상사의 개인 민원까지 종류도 다양했다. 각종 민원에 허우적거릴 때마다 영혼이 한 움큼씩 빠져나갔다. 피곤한 몸을 이끌고 기자실로 돌아왔다. 의자에 앉자마자 눈꺼풀이 툭 떨어졌다. 아련한 시절이 소환됐다.

"부서 회의 있는 날인데 안 들어오고 뭐 해?"

"부장, 죄송합니다. 취재가 좀 늦어지고 있습니다."

"뭐, 좋은 기삿거리라도 있는 거야?"

"재개발 조합 총회 현장에 와 있는데요. 조폭 같은 깡패들이 출입문을 장악했습니다. 전 조합장 패거리 같은데, 몸싸움이 일어날 것 같습니다."

"이권이 달려 있는 문제라 똥파리들이 꼬일 거야. 타사 기자들도 현장에 있어?"

"아니, 없습니다."

"그럼 잘 보고 있다가 무슨 일 생기면 바로 보고해. 혹시라도 위급한 상황 발생하면 경찰에 신고하고."

"예. 알겠습니다."

"몸조심해!"

"예. 부장!"

IMF 직후 시작한 기자 생활은 열정이 넘쳐났다. 취재하느라 돌아다니다 보면 가방끈은 늘 소금밭이었다. 단독 기사를 위해서라면 집 앞 뻗치기, 회의실 귀 대기는 일도 아니었다. 특종 기사를 쓸 땐 입 안에 감칠맛이 돌았다. 그 맛에 뉴스가 있는 곳은 어디든 뛰어들었다. 사진 한 장을 찍기 위해 야스쿠니 신사에 숨어들기도 했다. 오랫동안 준비한 기획 기사가 파장을 일으킬 때면 보람도 상당했다. 지금은 모두 술자리 무용담이 되어 버린 이야기다.

축 처진 몸을 일으켜 광화문 술집으로 자릴 옮겼다. 탈탈 털려 버린 영혼을 달래 줄 친구로는 주(酒)님만 한 것이 없다. 어느 정도 마셨을까? 테이블에 소주병과 맥주병이 가득하다. 옆자리에 있던 후배가 울분을 토해 냈다.

"선배, 쪽팔려서 회사 못 다니겠어요."

"왜? 무슨 일인데?"

"오늘 기사도 작성하기 전인데, 출입처에서 해명 전화가 왔어요. 누군가 지면 계획을 넘긴 게 분명해요."

"도대체 누가?"

"우리 팀장이 그랬겠죠. 회사 민원 창구잖아요."

"팔 게 없어서 그런 것을 팔아?"

"회사 매출에 도움 되고, 본인 승진에도 도움 되니까요. 누이 좋고 매부 좋고, 뭐 그런 계산인 거죠."

"미쳤군. 그 새낀 기자도 아니야."

연차가 쌓이면서 감시견은 애완견으로 조련됐다. 광고주를 향해 짖지 말아야 하고, 물지 말아야 했다. 설령 짖더라도 시끄럽지 않아야 했고, 물더라도 아프지 않아야 했다. 시늉만 내야 했다. 그래야 세련된 기자라는 평가를 받을 수 있었다. 회사는 광고주가 불편해하는 감시견보다 광고주의 입맛에 맞추는 애완견을 좋아했다. 그리고 그런 애완견을 주요 자리에 앉혔다. 감시견의 입은 그렇게 틀어 막혔다.

"선배, 제 기사가 네이버에서 사라졌어요."

"그래? 무슨 기사였는데……."

"재벌 아들이 음주 운전으로 입건됐다는 기사였어요."

"데스크 연락 없었어?"

"예. 아무 말 없이 그냥 사라졌어요."

"젠장, 엿 바꿔 먹었나?"

"그런 것 같아요. 이럴 때면 정말 일할 맛 안 나요."

"그러니 기레기 소릴 듣지."

애완견이 늘어날수록 기자를 향한 조롱도 늘었다. '기레기레기'라는 노래까지 만들어졌다. 국민의 알 권리에 충실해야 할 기자가 광고주의 입맛에 충실히 맞추고 있으니 그런 말을 들을 만도 하다. 다만 제대로 저항해 보지도 못한 상황에서 그 말을 수긍하는 순간 영원히 기레기로 낙인찍힐까 두려울 뿐이다. 그 날 친구를 잃어버린 깃도 그린 두려움 때문이었을 것이다.

"친구야, 잘 아는 사람이 가정사로 힘들어하는데 기사 좀 써 주라. 네가 도와주면 이혼 문제도 잘 해결될 것 같아. 기자 친구 둔 덕 좀 보자."

"오랜만에 얼굴 보면서 그런 이야기는 하지 말자. 그런 건 기삿거리도 안 돼."

"그러니까 부탁하는 거지. 친구야."

"그리고 상대방 이야기도 안 듣고 어떻게 기사를 써?"

"내가 술 한잔 살게. 사실 요즘 기자들 사실 확인 안 하잖아. 그래서 기레기 소리도 듣는 거고."

"뭐라고? 기레기? 그런 이야기할 거면 다시는 연락하지 마."

화가 치밀어 올랐다. 한때 기자 친구 됐다고 좋아하던 녀석이 이젠 나를 기레기로 생각하고 있다니 서운함과 배신감이 소용돌이쳤다. 어쩌다 이 지경이 됐냐는 한탄도 나왔다. 동시에 방어 기제가 작용하며 주위 환경을 탓했다. 온라인, 모바일 등으로 빠르게 변화한 언론 환경을 탓하고, 그 속에서 생존 경쟁을 펼쳐야 하는 상황을 탓하고, 목구멍이 포도청인 현실을 탓했다. 그런 탓에 낚시성 기사, 홍보성 기사, 부실 기사를 쏟아낼 수밖에 없었던 것이다.

하지만 치부를 들킨 것 같은 화끈거림은 계속됐다. 어떤 탓에도 불구하고 기자들이 지켜 내야 하는 정론직필을 제대로 지켜 내지 못한 것은 분명하기 때문이다. 명색이 사회 환경을 감시한다는 기자라면서 기레기를 요구하는 안팎의 환경에 대해선 제대로 목소리를 내지 못했다. 힘을 모아 저항하고 투쟁하지 못했다. 방관자였고 기회주의자였다. 그런 소극적인 태도는 결국 기자 자신을 겨냥했다.

"이 기자, 1심 결과 나왔다면서. 어떻게 됐어?"

"다섯 개 언론사 모두 패소했어요. 우린 300만 원 배상해야 한다고 연락 왔어요."

"음. 2심 가면 승소할 가능성 있대?"

"그게 쉽지 않나 봐요. 대부분 항소하지 않기로 했대요."

"온라인 뉴스팀이 주요 소송 부서가 되었구먼."

"예. 한두 건이 아니에요. 팩트 확인할 시간이 없으니."

"소송, 그거 엄청 스트레스 받아. 옆에서 도와주는 사람도 없고."

"예. 선배. 저만 죄인 된 것 같아요. 데스크 지시로 쓴 기사도 많은데."

회사는 후퇴하는 저널리즘에 대한 기자들의 불만을 교묘하게 이용했다. 광고주의 입김에서 벗어나야 한다는 명분으로 사업 다각화에 나섰다. 이해 상충 문제에도 불구하고 신사업 육성에 출입 기자들을 이용했다. 덕분에 기자들은 광고 협찬은 물론 신사업 협조 요청까지 해야 하는 상황으로 내몰렸다. 새로운 사업에 대한 경영진의 집착은 편집국을 비용 절감 대상으로 만들었다. 먼저 해외 특파원이 사라졌다. 단순히 유지 비용이 많이 든다는 이유였다. 신문을 보는 독자가 줄었다는 핑계로 교열부도 없앴다. 기사를 읽는 사람은 오히려 늘었다는 항변은 묵살됐다. 사진부도 축소되며 저작권 위반에 걸리는 사례가 늘어났다. 충원되지 않는 취재 기자는 편집 기자로 채웠다. 취재는 날카로움을 잃었고, 신문은 생동감을 잃었다.

"충원하지 않을 거면 월급이라도 올려 주든지, 돈 벌어서 다 어디다 쓰는지 모르겠어요."

"회장 친인척과 신사업에 들어가는 돈이 한두 푼이 아니잖아. 매년 몇십억은 쉽게 사라진다더군."

"그렇게나 많이요?"

"회사 재무제표 한번 봐 봐. 지난해엔 50억 원이 계열사로 들어갔어."

"신사업 키운다는 명분으로 편집국 다 망치고 있네요."

마른 수건 짜기식의 비용 절감은 언론의 핵심 가치를 지키기 위한 기본적인 논의도 밀어냈다. 편집권 침해를 감시하는 공정 보도위원회는 소리 소문 없이 사라졌고, 메마른 땅에서 희망을 잃은 기자들은 모래알처럼 빠져나갔다.

"연태 선배, 대기업 홍보팀으로 간대요."

"그래?"

"어제 동기들과 저녁 먹으면서 이야기했대요. 못 가게 잡아야 하는 것 아니에요?"

"잡는다고 되겠어? 요즘엔 그러는 분위기도 아니고. 마땅히 잡을 명분도 없잖아."

"선배는 불러 주는 사람 없어요?"

"요즘 누가 불러? 알아서 지원서 내고 잘 가더만."

"그건 그렇죠."

"2년 전에 같이 일하자는 곳이 있긴 했지. 하루 이틀 고민하다가 안 간다고 했어."

"아니, 왜요?"

"글쎄. 미련 때문이겠지. 언론인으로서 해야 할 일이 아직 남아 있는 것 같았거든."

"후회 안 해요?"

"……."

기자들의 빈자리는 패배 의식과 무기력증이 채웠다. 절이 싫으면 중이 떠나야 한다는 소리만 횡행했다. 간혹 술자리에서 노조를 세워야 한다는 이야기가 나오기도 했지만, 그때뿐이었다. 일상으로 돌아오면 다시 각자도생이었다. 그나마 기자들의 구심점 역할을 하던 기자협의회도 경영진의 손에 놀아났다.

"선배, 이게 말이 됩니까? 편집국장이 기자협의회장 후보들을 모아 놓고 특정 후보로 단일화하라고 난리 쳤어요. 그 자리에서 단일화하지 않을 경우 자신이 사표를 내야 한다고 협박까지 하더라고요."

"막장 드라마가 따로 없군. 기자들 자치 모임까지 회사가 좌지우지하려 하다니. 그래서 어떻게 했어?"

"뭐, 뾰족한 수가 있나요? 다들 후보로 나서는 것을 포기했죠."

"좀 더 버텼어야지."

"연말 인사를 앞두고 있어서 그런지, 다들 꿀 먹은 벙어리였어요."

그렇게 시작된 기자협의회장 선거는 회사가 내세운 후보에 대한 찬반 투표로 진행됐다. 투표를 하는 곳엔 기표소도 없었다. 허술하게 선출된 협의회장은 정말 허수아비나 다름없었다. 젊은 기자들이 용기를 내어 대자보를 붙여도 꿈쩍도 하지 않았다. 허락 없이 글을 게시하는 것은 징계 사유가 된다는 회사 방침만 전달했다. 어처구니없는 일이 벌어질 때마다 4년 전 기자협의회장 선거에 나서지 않은 것이 후회로 밀려왔다.

　　"조 기자, 이번에 출마한다는 이야기 들었어."

　　"예, 선배. 기자들 사기가 많이 떨어져 있잖아요. 뭐라도 해야죠."

　　"그렇지. 난 노동조합이 필요하다고 생각해. 얇은 옷이라도 하나 입어야 비바람 속에 버틸 수 있지 않겠어."

　　"예, 저도 똑같은 생각이에요. 노조 필요합니다."

　　"그래? 그렇다면 자기가 한번 잘 이끌어 봐. 떠밀려 나선 나보다 손 든 사람이 맡아야 잘하지. 하하."

　　"예. 선배, 감사합니다."

　　패착이었다. 너무 쉽게 양보했다. 손 든 사람의 구상을 좀 더 명확하게 들어 봤어야 했다. 아쉽게도 그는 경영진과 빠르게 가까워지는 모습을 보였다. 첫 행보가 회장을 인터뷰해 새해 경영 방침을 전달하는 것이었다. 그가 골을 넣고자 하는 골대는 회사가 아니었다. 노조 설립에 대한 기대는 그렇게 물밑으로 가라앉았다.

아마도 이때부터였을 것이다. 주말에 골프장 대신 동네 도서관을 찾았다. 노동부를 출입하면서 접했던 노동조합 활동에 대해 좀 더 알고 싶었다. 대부분이 노동자로 살아감에도 제도 교육 속에 노동 교육이 빠져 있다는 사실도 놀라웠던 터였다. 공부가 깊어지면서 회사의 부당한 노무 정책에 대한 인식이 뚜렷해졌다. 헌법으로 보장되고 있는 노동삼권은 정론직필이라는 언론의 핵심 가치를 지키기 위해서도 반드시 필요한 것이었다. 노무사 자격증을 취득해 기자들의 근로 여건을 개선하고 언론사의 핵심 가치를 지키고 싶다는 꿈도 생겨났다.

"박 팀장, 이야기 들었어? 이번 조직개편에서 편집 기자를 온라인 뉴스팀으로 배치한다는군."

"온라인 뉴스팀이면 기사로 속보 대응을 해야 하는데, 편집 기자에겐 횡포 같은 일인데요."

"그러게. 걱정이 이만저만 아니야. 휴직하겠다는 사람도 있어."

"근로 계약서 한번 살펴보라고 하세요. 직무가 편집 기자로 되어 있으면 함부로 인사 발령 못 내요."

"음. 한번 확인해 봐야겠군. 노동부 출입해서 그런 거야? 돌아오는 답변이 다르네. 하하."

"요즘 노동법 공부 좀 하고 있어요."

세월호 참사는 많은 것을 되돌아보게 했다. 사고 원인 조사가 거듭되면서 각종 편법과 불법이 민낯을 드러냈다. 그리고 이를 제때 고치지 않은 기성세대의 반성이 깊어졌다. 언론 역시 속보 경쟁 속에 '전원 구조'라는 최악의 오보를 냈다는 점에서 반성의 대상이었다. 아울러 권력을 제대로 감시하지 못하고 그들의 입맛에 맞춰 놀아났다는 점에서도 근본적인 변화가 요구됐다.

'아이들의 죽음을 막지 못한 것은 언론이 감시견 역할을 제대로 못했기 때문이야. 편법과 불법을 제대로 감시하고 고쳐 냈다면, 억울한 죽음을 막을 수 있었을 텐데.'

반성이 깊어질수록 변화의 바람도 거세졌다. 연일 이어진 촛불집회는 정권 교체로 이어졌고, 각계각층의 부조리 척결 작업으로 번졌다. 여성계의 미투 혁명을 시작으로 직장에선 갑질 폭로가 이어졌다. 직장 곳곳에 신생 노조가 생기면서 수년간 10퍼센트에 머물던 노조 조직률도 다시금 증가세를 보였다. 광화문 사거리엔 '태어나면 출생 신고, 취직하면 노동조합'이라 적힌 현수막이 걸리기도 했다.

'내 청춘과 함께한 언론사인데, 주위에서 손가락질하는 곳으로 남겨 둘 순 없어. 나중에 내 아이들에게 떳떳하게 이야기하기 위해서라도 바꿔야 해. 노조를 세워야 해.'

운명이었을까? 마지막이라 생각하고 도전한 노무사 시험에 합격했다. 세상을 좀 더 당당하게 살아갈 수 있겠다는 생각이 들었다. 노란 종이배가 띄워진 청계천을 걸을 때면 〈92년 장마, 종로에서〉를 부르던 정태춘 목소리가 들려왔다. 더 이상

"기자들을 기다리지 마라"라는 가슴 아픈 소절도 떠올랐다. 항상 현장을 지키는 기자가 되겠다고 다짐하며 듣던 노래였다. 전태일기념관을 지나 평화시장 앞을 지날 땐 "근로기준법을 준수하라. 내 죽음을 헛되이 말라."라는 열사의 외침도 점차 커졌다. 저 멀리 '청계천 8가'에선 어느 맹인 부부 가수의 노래도 들리는 것 같았다.

노조를 향한 생각은 몇 날 며칠씩 반복됐다. 매일 밤 머릿속에선 망치질이 계속됐다. 기자협의회장 선거를 통해 동지를 모으고, 노조 설립을 추진하고, 언론의 기본 역할에 충실한 편집국이 차례로 지어졌다. 그 집에서 더 이상 기레기로 손가락질 받지 않고, 감시견의 역할을 하며 보람되게 일하는 동료들의 모습이 떠올랐다.

'노조의 단결된 힘으로 어떤 신문을 만들어야 할까? 권력에 의존한 기사가 아닌, 확인하고 견제하는 기사를 적어야 해. 현대자동차의 파업 피해 규모가 수천억 원에 달한다면 피해 발생액 추정의 근거가 어떻게 되는지, 실제로 피해가 발생했는지, 복구 불가능한 피해인지, 파업 종료 후 보완이 불가능한지도 확인해야 해. 아울러 파업 후 근로 여건 향상으로 얻어지는 실익도 함께 살펴야 입체적인 기사를 쓸 수 있는 거야. 그럼 어떻게 하면 그런 기사를 작성할 수 있을까? 최소한의 시간과 인력이 확보되어야 하겠지. 필요한 재원은 어떻게 확보하지? 매년 수십억 원씩 회장 주머니로, 계열사로 빠져나가는 돈을 편집국

에 재투자하면 가능해.'

수개월간 이어진 망치질은 머릿속에 새로운 집을 짓고, 현실에서 함께 만들어 갈 동지를 찾아 나서게 했다.

"여기야, 여기."

숭례문 근처 스타벅스는 점심시간이 한참 지났는데도 직장인들로 붐볐다. 신 기자가 회전문을 밀고 들어왔다. 손이 번쩍 올라갔다.

"선배, 많이 기다렸죠? 일보 마감이 늦어져서 말이죠."

"나도 방금 왔어."

"예. 다행이네요. 별일 없으셨죠?"

"별일 있지. 무척 중요한 일이야. 하하."

"무슨 일이에요?"

"그게 말이지. 음, 단도직입적으로 이야기할게. 이번에 기자협의회 회장 후보로 나설 생각이야."

"오. 굿 뉴스네요. 선배는 잘하실 거예요."

"그래야지. 지난번에 못한 것까지 더해서 말이지. 하하."

"특별한 계획이라도 있으세요?"

"음, 난 우리 조직에 노조가 꼭 필요하다고 생각해. 협의회 회장이 되면 노조 설립을 추진해 볼 생각이야."

"저도 같은 생각이에요. 노조 필요해요."

"그래서 말인데, 네가 협의회 부회장을 맡아 주면 좋겠어."

"제가요?"

"어. 아무리 생각해도 너밖에 떠오르지 않아. 주말 동안 잘 생각해 보고 연락 주렴."

커밍아웃하듯이 담아 둔 생각을 쏟아 냈다. 과거 공정보도위원회에서 함께 일을 해 봤기에 좀 더 쉽게 마음을 터놓을 수 있었다. 희망을 찾지 못하고 떠나가는 후배들에 대한 안타까움과 선배로서 요구되는 역할에 대해서도 공감했다. 친목 모임으로 바뀐 기자협의회가 아닌 힘 있는 노동조합이 필요하다는 생각도 다르지 않았다. 그도 새로운 희망이 필요하긴 마찬가지였다. 기대와 설렘 속에 주말이 지나갔다.

"선배, 마감 끝났어요?"

"어. 방금 끝냈어."

"저, 부회장으로 나서 볼게요. 남편과도 이야기 나눴는데, 잘해 보라고 응원하네요."

"멋진데. 잘해 봅시다!"

첫 동지가 생겼다. 일을 나누는 직장 선후배가 아니라 함께 싸워 가며 웃음과 울음을 나눌 동지가 생긴 것이다. 얼마나 꿈에 그리던 순간인가! 어깨에 새로운 날개가 돋아나는 기분이다. 날갯짓을 하면 금방이라도 날아오를 것 같았다. 새로운 길을 함께 만들어 나갈 용기와 이젠 못할 것이 없다는 자신감이 가슴을 가득 채웠다. 그런 동지와 함께라면 노조 설립도 가능하다. 새로운 집을 만들어 가는 여정은 그렇게 시작됐다.

기자협의회 선거 준비 작업에 돌입했다. 먼저 투표권을 가진 유권자 명단부터 확인했다. 노트북에 담긴 백이십여 명의 엑셀 명단이 초록색, 노란색, 빨간색으로 칠해졌다. 초록색은 지지, 노란색은 중립, 빨간색은 반대를 뜻했다.

"유권자 성향 파악 중인데 한번 봐 봐."

"예, 선배."

"초록색으로 칠해진 이름은 우리를 지지해 줄 것으로 예상되는 사람들이야."

"오, 대부분이 초록색이네요."

"그만큼 회사에 불만이 많다는 것이겠지."

"저도 몇몇 친한 후배들에게 선배와 함께 협의회장 선거에 출마한다고 이야기했어요. 노조 이야기도 했고요."

"그래? 반응이 어때?"

"다들 눈빛이 반짝이던데요. 적극적으로 참여하겠대요."

"우리와 같은 생각을 하고 있는 기자들이 많을 거야."

기자들은 회사의 인사권 남용과 편집권 침해, 마른 수건 짜기식 비용 절감, 노골적인 선거 개입 등에 대한 불만이 많았다. 편집국의 자주성과 민주성을 높이고 기자들에 대한 투자도 확대해 보람된 일터로 만들겠다는 것을 핵심 공약으로 담았다. 기자협의회의 '대안 체제'와 관련한 논의도 본격 진행하겠다고 명시했다.

출사표와 공약이 공개되면서 경영진이 술렁이기 시작했다. 기자협의회 민주화와 대안 체제라는 것이 결국 노조 설립을 향하고 있었기 때문이다. 직속상관부터 움직였다. 김 부장이 잠깐 면담하자며 회사로 불렀다.

"기자협의회장 출마한다는 이야기 들었어."

"예. 그렇게 마음을 먹었습니다."

"왜 하려고 그래?"

"그동안 후배들을 위해 한 일이 별로 없는 것 같아서요."

"그럼, 팀장 업무는 어떻게 하려고?"

"팀원들과 잘 논의해서 차질 없게 할게요."

"연말에 승진 인사도 있는데 가족들과 이야기해 봤어?"

"예. 잘해 보라고 응원하던데요. 하하."

"그렇게 쉽게 생각할 일이 아니야."

"그러게요. 부장도 좀 도와주세요."

"……."

가족에 대한 걱정 속엔 인사상 불이익이 따를 수 있다는 위협도 담겨 있었다. 일정한 탄압이 있을 것이라 예상했기에 담담하게 대응할 수 있었지만 갈수록 그 강도는 심해졌다. 데스크의 압박으로 끝날 일이 아니었다.

"이주머니, 여기 소주 하나, 맥주 하나 주세요."

며칠 뒤 국장이 저녁을 같이 먹자며 회사 근처 식당으로 불렀다. 저녁 시간이 한참 지나서인지, 다섯 평 남짓의 추어탕 집엔 손님이 한 명도 없었다. 국장은 말없이 소맥을 만들기 시작했다.

"박 팀장도 한잔해."

"오늘 좀 속이 안 좋아요. 저는 안 마실게요."

"그래도 한잔해."

"그럼, 받아 놓기만 할게요."

술이라 하면 마다하지 않지만, 이날은 술잔을 입에 대지도 않았다. 술을 마시다가 괜히 시비라도 생기면, 출마도 못 할 수 있다는 생각이 언뜻 들었다. 거듭 손사래를 치자 국장의 표정이 일그러졌다. 그리고 연거푸 두 잔을 혼자 들이켰다.

"꼭 출마해야겠어?"

"예, 그럴 생각입니다."

"젊은 후배들이 하는 일인데, 왜 나이 먹은 팀장이 하려고 해?"

"그간 협의회 활동이 많이 위축됐잖아요."

"그래도 자기가 하기엔 좀 무겁잖아."

"무게감이 있어야 회사에 필요한 요구도 잘할 수 있죠."

"팀장으로서 앞으로 할 일도 많은데 괜찮겠어?"

"일도 중요하지만 후배들 다 떠나가는데 선배로서 뭐라도 해야죠. 잘해 볼 테니 국장도 좀 도와주세요."

"참 나, 박 팀장이 나를 도와줘야지."

"편집국 기자들이 으쌰으쌰 하면 국장도 위에서 할 수 있는 이야기가 많아지고 좋잖아요."

"말이 안 통하는군."

기획조정실장 출신인 국장은 공정 보도라는 편집국의 가치는 내팽개치고 회사의 수익 증대를 위한 역할만 충실히 이행했다.

기자협의회장 후보 등록 마감을 며칠 앞두고 이상한 풍문이 돌기 시작했다. 회사가 맞불을 놓을 것이라는 이야기였다. 대항마를 세워 기자협의회에 대한 회사의 영향력을 계속 이어 가겠다는 생각이었다. 소문이 사실로 확인되기까진 그리 오래 걸리지 않았다.

"선배, 이번에 출마한다는 이야기 들었어요. 저도 출마하려고 생각 중이에요. 어떻게 할까요?"

머리가 멍했다. 얼마 전까지만 하더라도 같은 부서에서 밥도 먹고 술도 마시던 후배였다. 적지 않은 시간을 함께 보냈기에 그의 전화는 당혹스러웠다. 협의회장으로 당선되면 그에게 공정보도위원장을 맡길 구상도 하고 있던 터였다.

"누군가 출마한다는 이야기를 듣기는 했는데……."

"예. 그렇게 됐어요. 선배, 어떻게 할까요?"

"음, 그런 것은 나에게 물어볼 사안이 아닌 것 같아."

"그래도 말씀은 드려야 할 것 같아서요."

"내가 조직의 민주성을 회복하겠나고 나선 상황에서 누구에게 출마하라, 하지 말라는 이야기는 할 수 없잖아. 피선거권은 누구에게나 있으니, 하고 싶은 대로 하면 될 것 같아."

"예."

그는 며칠 뒤 사측으로 꼽히는 직원들의 추천을 받아 협의회장 후보에 이름을 올렸다. 아쉬운 결정이었지만, 막을 수 없는 일이었다. 그에게도 그의 길이 있을 것이기 때문이다. 기자들이 그를 따라갈지 모르겠으나, 회사가 그에게 줄을 선 것은 분명해 보였다. 투표일이 다가오면서 회사는 더욱 노골적으로 그의 편을 들고 나섰다.

최일선엔 편집국장이 서 있었다. 투표를 하루 앞두고 국장은 일부 팀장급 기자들을 호출했다. 사측 후보가 당선될 수 있도록 팀원들에게 독려하라는 이야기가 전달됐다. 투표 당일에는 국장이 기자들에게 직접 전화를 돌리고 있다는 제보도 날아들었다.

"선배, 이야기 들었어요?"

"무슨 이야기?"

"국장이 선배에게 투표하지 말라고 전화 돌리고 있대요."

"헐. 그 자리에 가면 다들 이상해지는군."

"국장 전화 받고 짜증 내는 기자들이 한둘이 아니에요."

"참 나, 그리 할 일이 없으시나?"

"무슨 대책을 세워야 하는 거 아니에요?"

"상황 좀 봅시다."

선거의 기본 원칙도 지켜지지 않는 것에 대한 구성원들의 상실감과 분노가 상당했다. 편집국장의 독려 전화는 오히려 기자들의 반발만 불러일으켰다. 그 여파는 몰표로 이어지며 70퍼센트에 이르는 지지율로 당선됐다. '이번 당선의 최대 공신은 편집국장'이라는 이야기가 나오기도 했다. 민주적인 조직 운영에 대한 기자들의 갈망이 얼마나 큰지 명확하게 보여 준 사건이 었다.

선거가 끝나고 1주일도 지나지 않아 비서실에서 연락이 왔다. 부사장이 저녁을 같이 먹고 싶어 한다는 이야기였다. 어차피 기자들의 요구 사항을 전달하기 위한 대화 상대방이기에 만남을 거절할 이유가 없었다.

"예. 그렇게 하시지요."

며칠 뒤 삼각지 인근 고깃집에서 부사장을 만났다. 2층으로 올라가니 미리 자릴 잡고 있었다. 그 옆엔 담당 데스크도 함께 있었다. 부사장은 아쉬운 이야기가 있을 때마다 데스크를 동원했다. 회사가 각종 민원 해결을 위해 기자들을 동원하는 것과 다름없었다.

"어서 오시게."

"박 팀장, 여기 앉아."

부사장은 평소 식사 자리를 마련하지 못한 것에 아쉬움을 표하고 앞으로 좋은 관계를 이어 가자며 연거푸 술을 권했다. 기자들 처우 개신을 요구하자 그런 이야기는 다음에 하자면서 뒤로 돌렸다. 부사장이 직접 말하기 어려운 부분은 데스크를 내세웠다. 굿캅은 부사장이, 배드캅은 김 부장이 맡은 것처럼 보였다. 까끌까끌하던 탐색전도 술잔이 오가며 조금씩 부드러워졌다. 어느새 얼굴은 붉게 물들었다. 식당 앞에는 부사장이 타고 다니는 에쿠스 차량이 대기하고 있었다.

"박 팀장, 내가 집에 데려다줄 테니 같이 타고 갑시다."

"저는 괜찮습니다. 택시 타고 갈게요."

"어차피 가는 길인데, 같이 타고 갑시다."

"음, 그럼 신세 좀 지겠습니다."

자동차에 오르자 차량 기사가 문을 닫고 시동을 걸었다. 부사장의 지시를 기다리는 눈치였다.

"박 팀장, 내가 잘 아는 술집이 있는데 거기서 한잔 더 합시다. 이 기사, 강남 쪽으로 차 돌려요."

부사장의 갑작스러운 제안에 정신이 번쩍 들었다. 술을 많이 마시기는 했지만, 긴장한 탓인지 그렇게 취하진 않았다.

"기사님, 잠깐만요. 부사장님, 강남은 너무 멀어요. 내일 일찍 출근해야 해서요. 그냥 근처에서 맥주나 간단하게 하시지요."

계속되는 거절에 부사장도 어쩔 수 없었다. 강남을 향하던 자동차도 인사동 호프집으로 방향을 틀었다.

"그 참, 이번엔 그럽시다."

아찔했다. 부사장이 단골인 강남 술집에 대한 이야기를 들은 적이 있다. 그곳에서 아가씨와 함께 양주를 마시는 순간 꼬투리가 잡힐 것이 분명했다. 앞으로 여러 협상장에서 만날 사람인데, 조그만 약점이라도 허용해서는 안 될 일이었다. 2차로 맥주를 마시는 순간에도 긴장을 풀면 안 된다는 생각이 머릿속을 가득 채웠다.

'이번이 마지막 기회야. 이번에도 기자협의회가 경영진의 손에 놀아나면 안 돼. 그렇게 노조 설립이 물거품이 된다면 나의 삶도, 후배들의 삶도 더 이상 희망적이지 않을 거야.'

첫 동지와 함께 투쟁에 나설 다른 동지들을 찾아 나섰다. 본격적으로 기자협의회를 이끌어 갈 집행부 인선 작업에 돌입한 것이다. 가장 먼저 대자보를 붙였던 후배들이 연락을 해 왔다.

"선배, 저희 기수 대표를 협의회 집행부에 참여하게 해 주세요. 저희는 뭐든지 할 준비가 되어 있습니다."

기자 생활 3년 차에 접어든 이들은 상처가 컸던 만큼 회사를 변화시키려는 의지도 상당했다. 행동으로 나서는 MZ 세대의 당당함도 느껴졌다. 과거 그들을 지켜 주지 못했던 것에 대한 부끄러움이 밀려왔다.

"그래, 너희 기수들 보면 마음 한편이 짠하다. 아무것도 못해 줘 미안하고, 적극적으로 참여해 줘 고맙다."

열한 명의 집행부가 구성되기까지는 한 달가량 걸렸다. 선거를 통해 변화 의지를 확인했지만, 필요한 행동에 나서는 것은 또 다른 문제였다. 팀장급 기자들은 데스크의 눈치를 봐야 했고, 일선 기자들은 늘어난 업무에 허덕이고 있었다. 어렵사리 집행부 인선을 마치고 첫 상견례 자리를 마련했다.

"어서 와. 여기 자리 데워 놨어. 하하."

"선배, 얼마 만에 얼굴 보는 거예요?"

"술 한잔한다는 것이 해를 넘겼구먼."

"제가 좋아하는 선배들, 여기 다 모였네요. 하하."

"결혼 생활은 어때? 깨소금 냄새가 아직 난다고 하던데."

"설마요? 한잔해요. 선배들, 짠짠."

안부 묻는 소리, 술잔 부딪히는 소리, 건배사 외치는 소리, 웃음소리가 끊이지 않았다. 술자리가 무르익자 이야기는 자연스럽게 '노조 설립'으로 흘러갔다. 협의회장 선거 공약으로 제시했던 '대안 체제'가 곧 노조 설립이라는 것을 모두 알고 있었다. 부회장이 말을 꺼내자 기다렸다는 듯이 노조 이야기가 흘러나왔다.

"선배, 새로운 대안 체제가 노조를 말하는 것이지요?"

"그럼. 노조 필요하잖아."

"맞아요. 선배, 이번엔 정말 노조 만들어야 해요. 협의회 체제로는 할 수 있는 것이 별로 없어요."

"저희 기수도 같은 생각입니다. 법률로 보장되는 노조가 반드시 필요해요."

"이번에도 뭉치지 않으면, 기자들 다 떠나가요."

"우리 스스로 희망을 만들어야 합니다."

"이번 선거로 뭐든 할 수 있다는 자신감이 생겼어요."

다음 날 집행부는 공식 회의를 열고 '노조 설립 추진' 안건을 정기 총회에 상정하기로 했다. 협의회 차원에서 노조 설립을 추진하는 것이라 회원들에게 공개적으로 의사를 물을 필요가 있으며, 그 과정에서 찬성 의견이 더욱 늘어날 것이라는 믿음이 있었다. 다만 공개적인 노조 설립 추진에 따른 회사의 회유와 압박을 극복하는 일이 관건이었다. 때문에 노조에 긍정적인 기자들부터 총회 안건을 알려 나가기로 했다.

"점차 압박이 거세질 것입니다. 회유도 있을 것이고. 그래도 우리가 이 일을 해야만 언론인으로서 희망을 가질 수 있고, 후배들에게도 희망을 줄 수 있습니다. 힘냅시다. 아자아자 파이팅!"

정기 총회 날짜가 1월 19일로 정해졌다. 모두들 의지가 넘쳐 보였다. 처음 가 보는 길에 대한 불안함도 있지만, 새로운 길을 만들어 가는 설렘도 적지 않았다. 불안함을 덜어 내고 희망을 키우는 것이 맨 앞에 선 사람이 해야 할 일이었다.

"둘만 있어도 노조 설립은 가능합니다. 우린 열한 명이나 모였습니다. 앞으로 더욱 많이 모일 것이고, 많이 모일수록 우리가 바라는 편집국을 만들 수 있습니다. 기레기 역할이 아닌 감시견의 역할에 충실한 편집국 말입니다."

정기 총회를 3일 앞두고 의결 안건이 공개되자 회사가 발칵 뒤집혔다. 임원 회의에서 회장의 화난 목소리가 비서실까지 들렸다는 이야기가 전해졌다. 편집국장은 데스크를 모두 불러 모아 긴급 대응 방안을 논의했다. 총회를 하루 앞두고 편집국장이 협의회 집행부를 호출했다. 격양된 목소리였다.

"협의회장, 총회를 이렇게 일방적으로 진행해도 되는 거야. 데스크들과 이야기를 좀 나눠야겠으니, 협의회 집행부 모두 회사로 들어오게 해."

언론사에서 편집국장과 데스크의 위상은 강력하다. 게이트키퍼로서 뉴스 보도 여부를 결정하고, 기자들의 평가도 담당한다. 평기자로서는 데스크의 지시를 거부하기 힘든 구조이다. 그런 까닭에 회사는 무리수가 따르는 일을 모두 데스크에게 맡겼다. 일부는 적절하게 묵살하기도 하지만, 차기 국장 자리를 노리는 데스크는 적극적으로 회사 방침을 이행했다.

"예. 그럴게요."

한번은 마주해야 할 산이었다. 면담에 앞서 집행부는 회사 근처에서 티타임을 갖기로 했다. 총회 의결의 중요성을 다시 확인하고 의지를 다지는 시간이었다. 데스크와 격론을 펼쳐야 하는 불편한 자리였지만 한 명도 빠짐없이 참석했다. 더 이상 물러서지 않겠다는 결기가 느껴졌다. 단결력을 과시하듯 집행부는 줄지어 회사로 들어갔다. 회의실 한쪽에 편집국장과 데스크들이 자리 잡고 있었다. 맞은편에 앉은 협의회 집행부를 향해 국장이 격양된 목소리로 불만을 쏟아 냈다.

"협의회장, 어떻게 이럴 수 있어? 의결 안건을 데스크들에게 사전에 알려 주지도 않았잖아. 데스크를 무시하는 거야?"

"데스크도 협의회원인데 무시하다니요? 다만 협의회가 총회 안건을 데스크에게 미리 알릴 의무는 없습니다."

"1주일도 아니고 총회 3일 전에 공개하는 것은 규정 위반 아니야?"

"규정대로 하는 것입니다. 협의회 규정상 3일 전까지만 안건을 공지하면 되는 것으로 나와 있습니다."

"그래도 노조 설립 추진 여부를 아무런 사전 논의 없이 총회에서 묻는 것은 안 된다는 생각이야."

"왜 안 된다는 거죠? 협의회 집행부가 그렇게 하기로 결정한 사안입니다."

"숙려 기간을 가져야 해."

"예전부터 논의가 있어 왔고, 이번에도 충분히 의견을 수렴하고 있습니다. 총회에서 찬반 논의도 진행할 계획입니다."

"그래도 이번 총회 의결은 안 돼. 너무 일방적이야."

"그것은 데스크들이 결정할 사안이 아닙니다. 기자협의회는 모든 기자들의 자치 기구입니다."

평행선을 달리던 면담은 한 데스크의 긴급 제안으로 새로운 국면을 맞았다. 협의회가 먼저 요구 사항을 제시하고 회사가 들어주지 않으면, 그때 노조 설립 추진 의결을 해도 되지 않냐는 얘기였다. 협상 당사자와 내용을 명확하게 할 수 있는 제안이었다.

"잠깐 쉬시지요. 지금까지 저녁도 못 먹고 있습니다. 뭐라도 간단히 먹고 계속 이야기하면 좋겠습니다."

새로운 제안에 대해 협의회 차원에서 생각해 볼 시간이 필요했다. 아울러 협상에서 여유를 갖기 위해선 민생고부터 해결해야 했다. 집행부는 늦은 시간 국수로 배고픔을 달래며 서로의 생각을 공유했다. 일단 노조 설립 이유가 근로 여건의 향상에 있는 만큼, 반드시 필요한 몇 가지 제안을 해 보기로 했다.

"국장과 데스크들도 협의회 회원인 만큼 그들의 의견을 그냥 무시할 수는 없습니다. 어느 정도 여지를 줘야 할 것 같아요."

"맞습니다. 매일같이 보는 사이인데, 데스크 입장도 어느 정도 감안해 주는 모습을 취하는 것이 좋을 것 같습니다."

집행부의 생각이 서로 다르지 않았다. 그 자리에서 네 가지 요구 사항을 정리했다. 연내 기자 이십 명 충원, 직무 수당 400 퍼센트 인상, 연말 인센티브 지급 명시화, 회장 면담 정례화 등이었다. 다음 날 오전까지 수용하면 총회 의결을 1주일 늦출 수 있다는 단서도 명확히 했다.

어느새 시계 침은 자정을 향하고 있었다. 다음 날 새벽같이 출근해야 하는 집행부는 모두 귀가시켰다. 협의회장과 부회장은 네 가지 요구 사항을 적은 종이를 들고 사장실로 향했다. 사장과 부사장도 그 시간까지 임원실에 자리하고 있었다.

"박 팀장, 오랜만이야."

"예. 오랜만에 뵙습니다."

"내 방문은 항상 열려 있어. 언제든지 찾아오라고."

"예. 저도 정말 그러고 싶어요. 요청드려야 할 것도 많고요."

사장 옆에는 부사장이 앉아 있었다. 회사에서 사장은 매출을, 부사장은 경영 관리를 담당했다. 직급은 부사장이었지만 회장과 특수 관계인이라는 이유로 사장보다 사내 서열이 높았다.

신년 사업 보고회 때에도 그가 제일 마지막에 나타날 정도였다. 사장이 무덤덤한 목소리로 부사장에게 물었다.

"부사장님, 어떻겠어요?"

"회사 경영상 수용하기 어렵습니다."

사장은 요구 사항을 수용하는 시늉을 해서라도 어떻게든 정기 총회 의결을 늦추고 싶은 눈치였다. 하지만 경영을 관리하는 부사장은 경직된 얼굴로 어렵다는 입장만 거듭했다.

"그래도 한 번 더 살펴보시면 좋겠어요."

"……"

부사장은 대답도 하지 않은 채 얼굴만 붉히고 있었다. 협의회의 강력한 의지와 함께 회사가 답을 내놔야 할 차례라는 점을 명확하게 할 필요가 있어 보였다.

"부사장님, 어려우면 안 들어주셔도 됩니다. 예정대로 정기 총회 열어 노조 관련 의결을 진행하겠습니다."

부사장은 한참이나 협의회장을 주시했다. 감히 나에게 그럴 수 있냐는 표정이었다. 그날 저녁 강남에 있는 술집에 갔으면 아마도 그 표정이 통했을지 모르겠다. 사장은 정기 총회 당일 낮 12시까지 요구 사항에 대한 회사의 답변을 주기로 했다. 집행부는 이를 받아 본 뒤 총회 의결 연기 여부를 결정하기로 했다.

"박 팀장, 대표이사 전달 내용이야. 받아 적어."

"예. 말씀하세요."

예정된 시간에 임박해 국장 전화를 받았다. 휴대전화 너머로 종이 만지작거리는 소리가 들렸다. 기자 충원 최대한 노력, 연말까지 일부 수당 인상, 연말 인센티브 지급 시 우대한다는 내용이었다. 일부 요구 사항을 수용한 것처럼 보였지만, 시점과 규모 등 명확한 것이 하나도 없었다. 사실상 거부로 이해됐다. 총회 연기라는 구체적인 내용을 추상적인 내용과 맞바꿀 수는 없는 일이었다.

긴급 온라인 회의를 소집했다. 집행부 역시 회사가 제안을 모두 거부한 것이라고 판단했다. 더 이상 머뭇거릴 이유가 없었다. 당일 오후로 예정된 정기 총회에서 의결 사항을 계획대로 진행하기로 했다. 관련 소식은 온라인을 통해 협의회원들에게 빠르게 전파됐다.

"선배, 데스크들이 정기 총회 장소를 원천 봉쇄하기로 했대요. 몸싸움이 발생할 수도 있을 것 같아요."

회사에서 총회를 준비 중이던 신 부회장이 걱정된 목소리로 편집국 분위기를 전했다. 국장 자리를 노리는 데스크들이 충성 경쟁을 펼치며 격양된 반응을 보이고 있다는 얘기였다.

다행히 물리적 충돌은 발생하지 않았지만, 본격적인 다툼은 회의장 안에서 벌어졌다. 경영진의 입장을 대신해 총회에 참석한 일부 데스크들이 격양된 목소리로 협의회장을 공격하기 시작했다. 충분히 논의되지 않아 숙의 과정이 필요하며, 그렇기 때문에 노조 설립 추진 여부와 관련한 투표를 해서는 안 된다는 취지의 발언을 이어 갔다.

데스크의 발언이 간단하게 끝나는 경우도 있었지만, 다분히 시비조로 절차에 대한 문제 등을 제기하며 "비민주적 진행"을 탓하기도 했다. 하지만 회사의 일방적인 편집국 운영에 신물이 난 까닭에 아무런 설득력을 얻지 못했다. 일부러 발언 시간을 길게 끄는 것이 더 비민주적이라며 야유가 쏟아졌다.

후배 기자들의 발언 요청이 있었다. 일곱 명의 젊은 기자들이 단상에 올라와 준비한 이야기를 하기 시작했다.

"예전에 젊은 기자들이 목소리를 높였을 때 협의회는 아무런 역할을 하지 않았습니다. 법률로 보장되는 노조가 있어야 우리들의 권익을 제대로 지킬 수 있다고 생각합니다. 그래야 회사도 제대로 된 소통에 나설 수 있습니다."

노조 설립의 필요성을 역설하는 후배들의 공동 성명이 이어지면서, 의결 안건은 더욱 힘을 받았다. 오랜 논의가 끝나고, 드디어 투표가 진행됐다.

"투표를 시작하겠습니다. 양옆에 마련된 기표소에서 투표해 주시기 바랍니다."

기자협의회 역사상 기표소에서 투표하는 것은 이번이 처음이었다. 투표하는 모습을 사진으로 찍기도 하며 화기애애한 분위기에서 투표가 진행됐다. 항의하던 일부 데스크들은 모두 자리를 떴다.

"투표 결과를 말씀드리겠습니다. 참여 인원 구십오 명, 찬성 69표, 반대 20표, 기권 6표입니다. 72퍼센트 찬성률로 통과됐음을 알려드립니다."

노조 설립 추진이 확정되면서 우레와 같은 박수가 쏟아졌다. 스스로의 의지로 기자협의회장을 뽑고, 노조 설립 추진 의결까지 이뤄 냈으니 더 이상 못할 것이 없다는 자신감이 회의장을 가득 채웠다. 그날 회사 임원실은 밤늦게까지 불이 켜져 있었다.

"선배, 이야기 들었어요? 편집국장이 사표를 냈대요."

"그래?"

"오늘 아침에 데스크 회의도 들어오지 않았어요."

"좋은 언론사 만들자는 이야기를 리더십 훼손으로 이해했나 보군. 쉽게 그만둘 분이 아니니 좀 더 봅시다."

국장은 1주일 뒤 업무에 복귀했다. 그리고 노조 설립을 막으려는 경영진의 노력은 더욱 노골적으로 바뀌었다. 인사철을 앞두고 인사권과 업무 지휘권을 동원한 회유와 압박이 더욱 거칠어졌다. 일부 데스크는 일대일 면담을 거치며 노조에 참여하는 기자를 최소화하려 했다. 노무를 담당하는 경영지원실 역시 바쁘게 돌아갔다. 직원들의 컴퓨터 관리를 담당하는 곳에서 직원들 이메일 내용을 확인하고 있다는 이야기도 들렸다.

실기를 하지 않으려면 쇠뿔도 단김에 빼야 했다. 협의회 집행부 중심으로 노조설립추진위원회(이하 '노추위')를 꾸렸다. 불이익에 대한 우려로 노추위 명단을 철저하게 비공개로 했다. 노추위 관련 업무는 오프라인으로 진행했으며, 가능한 한 회사에서 멀리 떨어진 곳에서 모였다.

"선배, 우리 꼭 첩보 작전 펼치는 것 같아요."

"어쩔 수 없어. 내가 얼마 전에 총무부장이랑 저녁을 먹었는데 등골이 오싹하더군."

"무슨 일 있었어요?"

"별일은 아니고, 그 사람 술 한잔 들어가니 태도가 싹 바뀌더라고. 노조 관련 이야기를 하면서 '나는 다 알고 있다'는 말을 여러 번 반복했어. 도청을 하고 있지 않느냐는 의심까지 들었어."

"회장이 그렇게 난리인데 그러고도 남을 일이죠."

노조 창립 총회 날짜가 1월 31일로 정해졌다. 협의회의 노조설립 추진 의결이 있은 지 2주일 만에 노조 창립 총회를 열기로 한 것이다. 빠듯한 일정이었지만, 때를 놓치지 않으려면 민첩한 일 처리가 필요했다. 조합 설립 신고서와 조합 규약, 창립총회 회의록 등을 제출해야 하기에 관련 작업을 분담해서 진행했다. 노무사의 도움을 받아 조합 규약을 만들고 노추위 위원들과 함께 다듬어 갔다.

창립 총회를 하루 앞두고 충무로 인쇄거리를 찾았다. 취재가아닌 노조 창립 총회 현수막을 만들러 오게 될 줄은 미처 몰랐다. 명보극장 인근 P 인쇄소로 들어갔다.

"현수막 하나 만들려고 왔어요."

"파일은 있나요?"

"없어요. 간단하게 글자만 넣으려고요."

"문구 알려 주세요."

"'○○○○ 노동조합 창립 총회'라고 적어 주세요."

대형 인쇄기를 타고 현수막이 흘러나왔다. 꿈에도 그리던 노동조합 이름이 하얀 천 위에 반듯하게 새겨졌다. 새로운 노동조합의 탄생을 세상에 처음으로 알리는 순간이었다. 첫 동지를 만나고 협의회장 선거를 거쳐 노조 설립 추진 의결을 위한 정기 총회까지 많은 일들이 주마등처럼 지나갔다.

드디어 약속된 날이 밝았다. 회사가 창립 총회 장소를 원천 봉쇄할 경우에 대비해 제2의 장소까지 마련했으나 다행히 아무런 방해가 없었다. 회의장 단상 위에 길게 펼쳐진 현수막 앞에서 마이크를 잡았다.

"여러분, 역사적인 노조 설립 창립 총회에 참석해 주셔서 감사합니다. 오늘 우리의 노조 설립은 보람된 편집국 만들기의 출발점이 될 것입니다. 함께 만들어 가겠습니다. 투쟁!"

협의회장의 인사말이 끝나자 지하 강당은 박수와 함성으로 가득 찼다. 뒤이어 협의회장과 부회장은 노조 위원장과 부위원장으로 선출됐으며, 노추위 위원들은 집행부 간부로 임명됐다.

창립 총회에 참석한 기자는 사십여 명에 그쳤다. 회사의 압박 속에 당초 예상에는 못 미쳤으나 새로운 꿈을 현실로 만들기에는 충분한 숫자였다. 초대 조합원들은 스스로 회사의 주인이 되어 새로운 편집국을 만들어 가겠다는 의지로 충만해 있었다. 새

출발에 대한 설렘은 총회 뒤풀이 장소로 고스란히 이어졌다.

"회사를 다닐 희망이 생겼어요. 우리 손으로 힘 있는 편집국 만들어 갑시다."

"타사 기자들이 노조를 만든 우리를 무척 부러워해요. 모두 모두 감사합니다."

"위원장님, 감사합니다. 저 처음으로 노조 조합원이 됐어요. 아자아자 파이팅."

건배사 중 처음으로 조합원이 됐다는 대목에서 눈물이 흘렀다. 새로운 출발에 대한 기쁨과 늦은 출발에 대한 미안함의 눈물이었다. 초대 조합원들과 함께 새로운 역사를 만든 것을 기뻐하며 밤늦도록 술잔을 기울였다. 술잔이 채워질수록 기쁨도 커졌고, 함께 만들어 갈 미래에 대한 희망도 부풀어 올랐다.

격려 이메일도 이어졌다. 한 선배 기자는 '오랫동안 선배라는 호칭이 부끄러울 정도로 필요한 일을 못해 왔는데, 이번에 노조 설립하는 데 동참할 수 있어 조금이라도 마음의 부담을 덜어낸 것 같다.'는 이메일을 보내왔다. 새벽잠 설치며 고민했던 시간이 헛되지 않았다.

연대의 기쁨도 잠시, 다시 일상이다. 새벽에 출근해 기사를 살펴보고, 상황을 보고하고, 지면 계획에 따라 발제한 기사를 작성한다. 속보성 기사를 온라인으로 처리하고 제작된 신문을 확인한다. 점심 약속을 소화한 뒤 곧바로 다음 날 기사를 준비한다. 그렇게 열두 시간이 흘러가지만, 일상을 대하는 마음은 이전과 다르다. 애완견의 답답함을 딛고 감시견의 당당함이 마음 한편에 꿈틀거린다.

노동조합 설립 신고증을 받았다. 언론의 핵심 가치를 지켜 내기 위해 투쟁할 수 있는 법적 기반을 마련하게 된 것이다. 노조 대의원을 선출하는 등 필요한 조직을 갖춰 나가기 시작했다. 확대 대의원 대회를 열어 공정보도위원회도 출범시켰다.

"몇 년간 공석이었던 공정보도위원장 자리를 신 부위원장이 맡기로 했습니다. 찬성하시는 분은 손을 들어 주시기 바랍니다."

"예. 적극 찬성합니다."

"여기 재청입니다."

"삼청입니다."

"전원 찬성해 줘서 고맙습니다. 노조는 공보위 활동을 바탕으로 편집제작위원회도 가동할 계획입니다. 연말에는 편집국장 신임 여부를 묻는 투표도 처음으로 진행할 생각입니다. 공보위 활동은 새로운 편집국 만들기의 핵심이 되는 만큼 충실하게 진행해 주시기 바랍니다."

새로운 싸움이 시작됐다. 1라운드가 노조 설립을 위한 싸움이었다면, 2라운드는 본격적인 기레기 탈출을 위한 싸움이다. 노조 규약 전문에 담은 희망을 현실로 만들어 내는 것이다.

「노조 규약 전문」

거울을 보자. 기자 생활 시작하며 특종 잡겠다고 뛰어다니던 열정이 보이는가? 보기 좋고 읽기 좋은 신문을 만들기 위한 고민은 여전한가? 어렴풋하지 않은가? 새로운 이슈를 발굴하기보다 기존 데이터를 재가공해 기사를 쏟아 내야 하는 상황에서 추억이 되어 버린 것은 아닌가? 온라인도 좋고, 모바일도 좋다. 하지만 시대 변화의 주인공인 기자에 대한 투자는 찾아보기 힘들다. 마른 수건 짜듯이 진행된 모바일 퍼스트 전략 속에 편집국은 피폐해졌다. 독단적인 조직 운영은 무력감만 키웠다. 편집국 기자의 무한 희생을 요구하는 사업 다각화와 무분별한 효율성 논리에 힘없이 내어 준 것이 얼마던가? 동고동락하던 동료가 떠나갔고, 언론사의 무형 자산은 소리 없이 사라졌다. 기자로서 정체성마저 크게 흔들리고 있다. 더 이상 보고 있을 수 없다. 관망자에게 주어지는 것은 아무것도 없다는 사실을 우리는 이제 깨달았다. 우리 스스로 목소리를 내고 행동하지 않으면 불합리한 상황은 끝없이 반복되고 지친 동료들은 계속해서 둥지를 떠날 것이다. 자주성과 민주성이 넘쳐나는 편집국에서 우리가, 그리고 미래의 후배들이 열정적으로 일할 수 있도록 노동조합을 설립한다. 이는 공정 보도의 장을 만들기 위한 첫걸음이며, 신나는 일터, 정당한 보상, 기자 위상 강화, 언론 자유신장을 지향한다.

언론 노동자로 살면서 부채 의식이 많았어요. 소외된 곳의 이야기를 많이 전하지 못한 부채 의식, 노동자의 아픔을 충분히 담아내지 못한 부채 의식, 정론직필에 좀 더 충실하지 못한 부채 의식……. 어느 날 뒤돌아보니 빚이 수북하게 쌓여 있더군요. 이러다간 평생 빚쟁이로 살겠다는 생각에 아찔했어요. 세월호 참사 이후엔 정말 벼랑 끝에 몰린 것 같았죠. 하지만 오보를 내고 이해 상충에 내몰리는 언론 현실은 좀처럼 바뀔 것 같지 않았어요. 나중에 아이들이 '아빠는 그때 뭐 했어?'라고 물으면, 별로 할 말이 없을 것 같더군요. 떳떳하게 대답하기 위해서라도 변화를 위한 행동에 나서야 했어요. 그렇게 노동조합을 세우고 변화를 위한 디딤돌을 놓게 되었습니다.

그즈음 전태일 열사를 여러 번 만났어요. 청계천을 걸을 때면 그에 대한 부채 의식도 커졌죠. 우리가 누리고 있는 노동법상의 규정이 얼마나 많은 희생 위에 지켜지고 있는지 새삼 느껴졌거든요. 노조 활동을 통해 '그에게 진 빚을 조금이나마 갚을 수 있지 않을까'라는 생각도 들었어요.

노조는 언론사에도 꼭 필요해요. 어떤 조직이든 내부 견제 장치가 있어야 부작용을 줄일 수 있잖아요. 특히 노조의 자주성과 민주성은 언론사 편집국에 꼭 필요한 핵심 가치이기도 해요. 그러한 가치가 편집국에 자리 잡을 때 각종 권력을 감시하는 역할을 잘 해낼 수 있다고 생각해요.

물론 쉽지 않은 과제예요. 개인적으로 싸워야 하고, 집단적인 목소리도 내야 해요. 지난한 싸움을 펼쳐야 할 때도 있지요. 이는 언론 노동자들이 자신의 정체성을 지키기 위한 것이기에 반드시 해야 하는 싸움이기도 해요.

이번 수상의 기쁨을 오랜 기간 함께 싸운 동지들과 나누고 싶습니다. 아울러 정론직필을 위해 지금 이 시간에도 곳곳에서 투쟁하고 있는 언론 노동자들의 건투를 빕니다.

제31회 전태일문학상

심사평

일터의 고된 노동을
활달한 상상력으로 그려 낸 수작

올해 제31회 전태일문학상 시 부문에는 182명(676편)의 작품이 응모되었다. '각자도생'이라는 말이 유행처럼 번지는 시대, 악화하는 노동 현실과 각박해진 서민의 삶을 묵묵히 그려 내고 있었다. 관측 사상 가장 뜨거웠다는 올여름의 이상 기후나 1주기가 다가오는 이태원 참사에 관한 작품이 더러 보이기도 했으나 전태일문학상의 특성상 노동 현장과 소외된 이웃에 관한 시들이 주를 이루었다.

3주에 걸쳐 1차 심사를 마쳤다. 다소 투박하더라도 '전태일 정신'에 부합하는 작품을 선정하자는 기준을 세우고 심사하였다. 사회적 인식 없이 자폐적 독백에 머물거나 개인적 체험에 머무른 채 보편적 정서로 나아가지 못한 작품부터 제외하였다. 1차 심사에서 9명의 작품 39편이 남았다.

본심은 8월 13일, 3명의 심사자가 전태일 재단 회의실에 모여 진행하였다. 작품마다 보이는 개성과 완성도에 대한 논의 끝에 「소음 공장」 외 8편을 응모한 작품 중에 3편을 당선작으로 정하는 데 합의하였다. 일터의 고된 노동을 활달한 상상력으로 그려 낸 수작이었다. 몸과 통증을 기계와 소음으로 발화하는 그만의 언어가 듬직했다. 여성 노동자에 대한 새로운 시선과 표현도 참신했다. 표제작과 함께 응모한 「엔리 씨의 작업 일지」와 「퇴근 없는 길」 또한 관통하고 있는 주제

의식을 시인만의 목소리로 담아냈다. 앞으로 한 땀 한 땀 자신만의 시 시계를 직조해 나갈 것을 믿는다.

마지막까지 심사자들이 놓지 못하고 고민한 작품으로는 우선「옥탑방을 싣고 달리는 열차」외 3편이었다. 거칠지만 젊은 세대의 고통을 오롯이 보여 주었다. 주위를 살피는 자신만의 시선이 돋보였으나 함께 보내 준 시들의 편차가 심한 점이 아쉬웠다.

다음으로「섀도복서」외 6편이었다. 세상과 노동을 대하는 화자의 태도를 섀도복싱이라는 독특한 소재로 무리 없이 그려 냈다. 삶의 풍경들에서 길어 올린 자신만의 깊이 있는 사유도 발견할 수 있었다. 시상을 밀고 나가는 힘이 느껴졌으나 군데군데 눈에 띄는 작위적 표현이 흠이었다.

모든 응모자께 감사드린다.

심사위원

유병록·이동우·이설야(시인)

다양한 형식으로 변주된 노동의 속살

제31회 전태일문학상 소설 부문에는 예년과 비슷한 120편(장편 9편, 중편 8편, 단편 103편)의 작품이 응모되었다. 전태일이라는 이름을 내걸고 시행되는 공모이니만큼 심사위원들은 문학적 완성도와 더불어 더 나은 세상을 꿈꾸는 이야기를 찾기 위해 노력했다. 또한 분량의 제한을 두지 않는 전태일문학상의 취지에 공감하며 장편과 중편, 단편을 경계 없이 심사하였다. 장편은 역사적 사건이나 식민지 시대를 다루는 작품이 많았으나 시대와 사건의 무게로 인해 인물들에 몰입할 수 있는 힘이 떨어진다는 의견을 나누었다. 중·단편은 예년에 비해 전반적으로 작품 수준이 높다는 점, 이주 노동과 하청 노동, 청년 노동을 다양한 형식으로 변주하는 이야기가 많다는 것이 이번 응모작의 특징이었다.

1차 심사 결과 1편의 중편소설과 8편의 단편소설을 선정하였고, 2차 심사에서는 9편의 작품 중 5편의 작품이 집중적으로 논의되었다. 호텔 룸메이드의 실상을 유령에 빗댄 「유령 룸메이드」, 조선소의 사내 하청 노동을 성실히 기록한 중편 「끊어져 버린 시간」, 부마항쟁 당시 미연고 사망자로 처리된 사연을 다룬 「꽃도 십자가도 없는」, 어느 날 안마 의자로 변해 버린 연인을 통해 불안정한 노동과 자본의 이면을 다룬 「덴마크 사람은 왜 첫 월급으로 의자를 살까」, 인력사무소에서 만난 네팔 청년에게 스포츠토토를 알려 주면서 이주 청년을 통해 인간의 욕망과 타락을 들여다본 「개미인력 남쁘로모따」.

이 중 「덴마크 사람은 왜 첫 월급으로 의자를 살까」와 「개미인력 남쁘로모따」 두 작품이 최종적인 논의의 대상이 되었다. 「덴마크 사람은 왜 첫 월급으로 의자를 살까」는 독특한 설정과 소재를 끝까지 밀고 나가는 힘이 있는 작품이었다. 문체가 다소 산만하고 기시감이 느껴지는 서술이었음에도 불구하고 흥미롭게 한 편의 이야기를 만들어 낼 줄 아는 작가라는 믿음이 갔다. 다만 이런 흥미로운 소재를 밀고 나가는 작가의 자세가 퇴고 과정에 녹아들었으면 어땠을까 하는 아쉬움이 끝까지 남았다.

「개미인력 남쁘로모따」는 임시로 일용직 노동에 뛰어든 청년 주인공이 인력사무소에서 네팔 청년 남쁘로모따를 만나 스포츠토토를 알려 주면서 비틀어진 욕망이 어떻게 사람을 변화시키는지를 보여 주는 작품이었다. 작가는 인력사무소의 풍경과 건설 노동 현장을 섬세하게 그려 내고 있으며, 그곳에서 일하는 사람들의 소위 '날품팔이 인생'을 보여 준다.

이 작품이 기존에 외국인 노동자를 다루는 방식과 다른 점은 그들을 타자화하지 않는다는 점이었다. 한 방에 돈을 벌고 싶은 욕망이 서툰 한국어("그거 뭐해요.")를 통해 나에게서 남쁘로모따에게 전해지고, 그들의 날품팔이 관계처럼 남쁘로모따의 몰락 과정이 소문으로 전해지며, 이로 하여금 소설의 인물이 현실로 걸어 나오는 경험을 하게 한다는 점이 특히 좋았다. 물론 건설 현장의 이야기 등이 전형적인 면이 없지 않고, 다소 도식적인 전개와 어떤 종류의 '전망'이 제시되지 않은 결말에는 아쉬움이 있지만, 여러모로 공들인 흔적이 보였고, '전태일 정신'에 값하는 작품이라 여겨져 수상작으로 선정하였다.

당선자에게는 아낌없는 축하를, 응모해 주신 모든 분들에게는 위로와 감사의 말씀을 전한다.

심사위원

김주욱(소설가), 노태훈(문학평론가), 하명희(소설가)

노동을 중심으로 한 다방면의 글

제31회 전태일문학상 르포 부문에는 총 15편이 접수되었다. 편수
는 많지 않았지만 한 편 한 편 의미 있는 작품들이었다. 전태일문학상
운영위원회에서는 올해부터 생활글 부문을 없애고 생활글, 기록문,
취재 보도문을 르포 부문에 포함하여 공모를 진행했다.

심사위원들은 다양한 주제의 글을 볼 수 있었다. 노동이 개인의 삶
에 어떤 영향을 미치는지를 잘 표현한 글부터, 노조 활동을 하면서 겪
은 일을 세세하게 써 내려간 글까지 노동을 중심으로 한 다방면의 글
들이 포진해 있었다.

그렇기에 당선작을 두고 심사위원들 간 고심을 거듭했다. 그 결과,
2편이 최종 후보로 올라왔고 만장일치로 「애완견이 된 감시견」을 당
선작으로 선정했다. 그렇다고 경쟁작 수준이 당선작보다 낮은 건 아
니었다.

최종 후보에 오른 「새벽 다섯 시 도착」은 택배 노동자 이야기를 다
뤘다. 그간 택배 노동자 처우나 노동 환경 등은 언론을 통해 보도되면
서 사회적 이슈가 된 바 있다. 기존에 나왔던 글보다 잘 정돈됐을 뿐
만 아니라 택배 노동자의 내밀한 작업 환경과 구조, 인간관계에 의해
변화되는 노동 환경의 열악함, 반대로 인간관계 안에서 이어지는 따
뜻함을 느낄 수 있었다.

반면, 「애완견이 된 감시견」은 신문사 내에서 노동조합을 만드는

과정을 상세하게 풀어냈다. 그러면서 노동조합이 왜 필요한지, 어떤 역할을 할 수 있는지를 직간접적으로 이야기했다. 노조의 사회적 의미를 잘 짚어 낸 글이라는 것에 심사위원들의 이견은 없었다.

「애완견이 된 감시견」을 당선작으로 선정한 이유는 무엇보다 '노조 혐오' 정서가 팽배한 지금의 현실에서 노조의 본래 기능, 그리고 노조가 사회적으로 어떤 영향을 미칠 수 있는지를 잘 표현한 글이라 판단했기 때문이다. 기자들 중에서도 이처럼 공정 보도를 위해 노력하는 이들이 존재한다는 것을 알리고 싶은 마음도 컸다. 그간 잘 드러나지 않았던 언론계 내부 이야기라는 점도 선정 이유 중 하나였다.

당선작은 한 편이나, 다른 응모작들도 당선 가능성을 가진 작품이 상당했다. 비록 당선은 되지 않으나 앞으로도 자신의 노동을 글로 표현하는 작업을 계속해 주길 바란다.

심사위원

송기역·정윤영(작가), 허환주(프레시안 기자)

제18회 전태일청소년문학상

수상작

문화체육관광부 장관상

시 부문 강주은 · 고양예술고등학교 2학년

전태일재단 이사장상

시 부문 임소진 · 고양예술고등학교 2학년

산문 부문 천성민 · 수원 효원고등학교 3학년

독후감 부문 정예은 · 울산여자고등학교 2학년

경향신문사 사장상

시 부문 신로아 · 고양예술고등학교 2학년

산문 부문 고서린 · 광주수피아여자고등학교 3학년

독후감 부문 윤수현 · 오산 운천고등학교 3학년

한국작가회의 이사장상

시 부문 박지형 · 광주동신여자고등학교 3학년

산문 부문 천예원 · 안양예술고등학교 3학년

독후감 부문 문시우 · 안양예술고등학교 1학년

사회평론사 사장상

시 부문 이은수 · 의정부 송현고등학교 2학년

산문 부문 김여진 · 용인 성지고등학교 3학년

독후감 부문 고예원 · 서울여자고등학교 2학년

사라지지 않는 방

자꾸 사람들이 죽어서

나는 천국의 실체를 알고 있지, 손가락 사이사이로 갈라지는
흰 구름 따위는 없고 비가 오지 않아도 축축한 반지하는 내가
아는 가장 큰 천국 다들 천국은 위에 있다고 하지만 나는 가장
낮은 곳에 있는 천국을 안다 흉터같이 움푹 파여 있는 곳 그러
므로 물이 고이기 좋은

물의 집
바퀴벌레의 터전
땅속의 개미굴
땅을 파고들어 뻗어 나가는 혈관이 있지
이것도 집이라고
피 같은 거라서 물이 머리끝까지 차오르지 않으면
벗어날 수 없다

나는 가족이 아주 많은데 그건 같이 잠자리에 드는 개미, 바퀴벌레, 땅거미

양 대신 바닥을 기는 곤충의 이름을 세며 밤과 낮을 구분하지 못하는 날들이 계속되었다

장마가 시작되는 팔월에

남들은 한 아이를 바라보며 사랑을 시작하는 팔월에

우산 속에서 서로의 목소리가 가장 예쁘게 들리는 팔월에

네 집에서 자고 가면 안 되냐고 묻는 바이크를 타는 누나는

학교 뒷골목을 돌아 몸을 구기면서 걸으면

가슴이 없어야 지날 수 있는

좁은 벽과 벽 사이를 걸으면 나오는 집에 산다고 했다

보호소의 사람들은 천국은 착한 사람만 갈 수 있고

평온하고 다치는 사람이 없고

새하얘진다고 했지만 그건 그 사람들의 꿈

천국에 들어오지 않는 건 햇빛과

현관 맞은편에 걸어 둔 해바라기 그림뿐 아니라

길게 늘어뜨린 머리카락을 하고

흰색은 원래 누런 건 줄 알았던 나

목까지 빗물이 차오르기 시작하고

나는 사람들의 신발이 보이는 철창 창문으로 나가려 한다

나이키, 아디다스, 퓨마, 라코스테, 이름 모르는 신발…….

내가 신은 건 슈퍼에서 3천 원에 산 쉽게 벗겨지는 삼선 슬
리퍼

내가 없어도 두 평짜리 이 방은 사라지지 않는다

스카이 워크

나의 모국어는 달리는 열차에서 뛰어내린 인도 소년의 피에
서 온다
혈관 속에서 흘러가며 사람들이 생을 내던지는 걸 봤어
편의점에서 안경을 쓴 또래 아이들이 나란히 앉아서
컵라면에 가공된 조미료 수프를 털어 넣고 뜨거운 물을 붓고
입김을 불며 익지 않은 면발을 여린 입 안으로 가져다 댈 때
거기가 불구덩이 지옥이었다는 걸 알 수 있었지
아이들은 가쁜 숨소리를 내며
한 손에 든 핸드폰 속 화면을 뚫어져라 봤다
염색한 머리카락으로 이름을 구별할 수 있는 아이돌
한 번 산 옷은 두 번 입지 않는다는 재벌
후원금이 필요한 반지하에 할머니와 단둘이 사는 아이
연필 대신 여행객의 가방 훔치기를 택했던 인도 소년
15초짜리 영상을 밑으로 내리며 한 생각은
밑으로 영상을 내리면 쉽게 한 생이 가고 또 한 생이 올 거
란 것
가방을 훔쳐 달아나는 인도 소년은 도망칠 곳이 없어서
달리는 열차 밖으로 뛰어내려 15초 만에 삶을 끝냈고
매일 누군가의 꿈을 훔쳐 달아나는 사람이 얻을 수 있는 것은

행동과 생각이 빠른 것

너희가 사는 미디어 속과 같지

2분 만에 완성되는 즉석 라면

그것도 못 기다리고 덜 익은 면발을 저어

입 속으로 넣어 버리는 친구들아,

어떤 영상이 가장 기억에 남아?

기억에 남는 건 없어 그냥 보는 거지 재밌잖아

쉽게 흘려보내는 삶을 사는 아이들

너의 피엔 누가 흐르고 있기에 밤을 새우며

수학 문제를 풀다가 새벽에 들어가는 걸까

흰 교복 셔츠를 입고

발이 포근한 신발을 신고

겨울엔 따뜻한 장갑을 끼고

걸어 본 적 없는 인도 소년에게 따뜻한 것은

자신의 피뿐

구름이 쉽게 흘러가는 것 같지

아무도 잡아 주지 않는 허공에

몸을 맡길 수 있는 용기가 없다면

절대로 흐르지 않을 거야

숨결이 느껴져?

복

누런 사랑니, 황금 티켓, 멈추지 않는 열차, 부활하는 공룡,
네버엔딩 학교 폭력
이것들 중에서 네가 가장 무서운 게 뭐니?
얘기한 것들 모두 나한테 있지,
나는 누렇다는 말을 들을 때마다
오래되어 바랜 이가 그렇게 사랑스러울 수가 없고
바랜다는 건 누런 이를 가진 아이와 키스를 하고 고통을 나
눠 가지는 것
어렸을 때 오줌을 참다가 누렇게 변한 어린 내 얼굴이 떠오
르기도 했고
그때부터지, 뭐든 오래 참는 사람이 복이 있을 거라고
신의 얼굴을 한 엄마가 얘기했지
내가 너를 낳았으니까 너는 내 아래서 모든 행동을 해야 하고
나만이 너를 돌볼 수 있다고
그렇지만 신은 모든 시민을 돌보지 않아
그랬다면 나는 이미 사랑니를 아프지 않게 뽑았을 거고
교실 맨 뒷자리에 앉아서 구겨진 교과서를 볼 일도
엎어진 식판의 음식을 다시 주워 먹을 일도
하교를 하며 뒷골목으로 불려 갈 일도

셔츠 깊숙이 가슴팍에 구멍이 날 일도 없겠지

사랑니를 뽑지 않아도 되는 사람들이야말로 신의 선택을 받은 거지

이상하고 울퉁불퉁한 이를 아프지 않게 간직할 수 있으니까

그 아이들은 내가 평생 바닥을 기며 자신들에게 빌면서 살 거랬는데

나는 신한테도 빌지 않고 물을 떠 놓고 초를 켜 놓지도 않는

사람이 있듯 외계인이 있듯 동물이 있듯

신도 어딘가에 그냥 존재할 거라고

존재는 믿으나 신은 믿지 않는

구원을 바라지 않는 아이

그때부터 나는 멈추지 않는 열차의 황금 티켓을 얻은 거지

세기를 거꾸로 세기 시작했을 때

어제를 기약하는 일

사랑니가 나지 않았다면

학교에 가지 않았다면

걔네가 죽었다면

이빨이란 단어는 동물의 언어이고 이는 사람의 언어

그 애들은 누런 이빨을 드러내고 웃었지

부활하는 공룡, 언젠가는 멸종할 아이들

알고 있어

내가 사력을 다해 부딪히는 순간

열차는 아무 소리 없이 부서지며 멈출 거라는 것을

네버엔딩은 없고

내가 가진 것을 바꿀 수 있을 거란 걸 알아

슬픈 건

멸종을 앞둔 아이가, 아이들이, 공룡이

미래가 있을 것처럼 기약한다는 것

내가 이 열차에서 내린다면

꼭 살아 내지 못한 현재로 갈게

무서울 게 없는 소년이

가장 무서운 것은 소년 자신

오래 참는 이가 복이 있나니

이만하면 사랑니의 고통을 오래 참은 것 같고

나는 복을 바라지 않아

그때 누군가 비웃으며 중얼거리는 소리

복 받았네

미치거나, 나라이거나

　한국 현대사가, 아니 현대시가, 아니 너의 시가 미쳤다고 소
리칩니다 사실 시를 못 쓰는 겁니다 빌라에 사는 노인들을 지
웁니다 학비를 벌고 세금을 내느라 등골이 빠진다는 부모를 지
웁니다 낮에는 음식을 밤에는 상자를 배달하는 선배를 지웁니
다 문학성이든 음악성이든 아무튼 예술성인가 천재성인가 뭔
가 하는 것들을 지우고
　지우개는 어디 있습니까 답은 많은데 문제는 왜 눈동자조차
들키지 않는 겁니까

　이제 더 이상 질문이 울음이 되지 않지만
　발끝부터 그림자처럼 차오르는 거대한 물음표들

　공부도 힘든데 이따 포차 가서 소주나 한잔하자, 친구는 장
학금을 받지 않아도 된다고 했습니다 연민하지 않아도 됩니까
이 도시가 관이 되어 우리를 둘러싸는데
　폐지 줍는 할아버지를 걱정합니까 하루에도 수차례 일어나

는 교통사고를 걱정합니까 습관처럼 뱉는 욕을 걱정합니까 주먹과 무시가 오고 가는, 원래 애들은 다 그러면서 큰다는 말을 걱정합니까 키보드 몇 번 두드리면 무너지는 세계를 걱정합니까 후손들에게 전해 주지 못할 식탁을 걱정합니까 여성들과 장애인들과 알 수 없는 인종들의 인권을 걱정합니까

　우리는 모두 약자가 될 수 있다…… 사실 우리가 약자다……

　너는 드디어 미쳤습니다 벌써부터 지루합니다 한 사람도 죽지 않던 때가 있었습니다 우리는 슬픔을 잃었고 사랑을 잃었습니다 그렇게 되었습니다 그 남자는 분노가 아니라고 판결 내렸지만 오늘은 아무것도 없어요 너는 텔레비전에 코드가 꽂힌 걸 보고 내려오기 전부터 중얼거립니다 아는 게 힘인지 모르는 게 약인지 나는 모르는 것 빼고 다 안다고 네가 발악하는 동안 중얼거리는 소리가 내 귀에도 들려오고 정말 나까지 미쳐 버린 겁니까

　안쓰러운 사람들은 왜 나이보다 많아 보입니까 너의 친구들은 네가 사라지지 않게 꽉 붙잡습니다 캄캄한 밤은 어디에서 옵니까 어디에서 웁니까 서로를 붙잡지 않아도 되는

멸종

혁명을 알고 싶어서
수업 시간을 피해 뛰쳐나왔다
이미 몇 번이나 선생님에게 양해를 구했으면서
의자에 볼펜을 던졌는데 빗나갔고 보이지 않는 곳으로 사물
함 밑으로 굴러가는 볼펜에 대해 말했다

금방 자랄 것이다 끔찍한 기억력을 가진 어른이 되어
여섯 달만 지나도 그날이 언제였지 모른 척하고
6년쯤 지나면 갑자기 떠오른 것처럼 자랑을 하겠지

글씨를 쓰고 이마를 짚고
혁명을,
나는 말하고 싶지 않아
피아노를 치던 아이는

시간이 묻어 고단한 얼굴
기분 나쁠 게 뭐 있어, 사실을 말한 건데
고작 혁명 따위가! 소리치는 아저씨
네가 6년 뒤에도 오늘을 기억할 수 있다고?

손을 가슴에 얹고

멸종한 이유를 찾아야지 기도하면서, 바라는 것이 많은 자세
로 사라졌잖니 말도 못 하고 앓았을 이유를 상상해 보렴

이런 건 대단한 사람들이나 하는 거잖아요⋯⋯
그는 많은 것을 원하고 있었다
저 애의 혼잣말을 들어 봐
조용히 누군가에게 전하는 걸 상상하지
우리는 분명 각자 다른 산으로 체험 학습을 왔는데 메아리가
울린다

무엇을 이루고 싶었던가
아주 멀리 가라
그렇게 서서 죽지 말고 통째로 매도되지 말고
떠밀리지 말고 길가에 널려 있지 말고
던져지지 말고 차곡차곡 쌓여 있지 말고
죄다 사라져라 그래라

친구들은 도망간다
나는 사라지기 위해 스스로를 파일에 넣고 있다
원고지, 시험지, 건조한 통신문처럼 담담하게

같이 놀자

혁명은 키득거리며 발을 구른다

불만 있으므로

문제집 사라고 준 돈으로 사랑을 사는 청춘은 대단하지 않다

어디선가 주워 온 씨티에이스와 우리의 공통점

저 바퀴처럼 살지 않으려면 도로 같은 건 그냥 무단 점거해
야 돼

반듯한 종이에 뻣뻣하게 인쇄되어 있는

졸업을 축하합니다 그 촌스러운 문장에 기침을 하는 것

네 입에 물린 담배를 뺏는 것

기껏해야

쓸데없는 생각들

열일곱이 조금만 덜 억울했으면 좋았을 텐데

금붕어처럼 뻐끔뻐끔

이것은 대교를 넘자는 소원

벌써 여섯 시야

라이터 있냐,

그게 낭만이라면 나는 벌써 재킷 주머니에 아버지가 자주 가
던 술집 이름이 적힌 일회용 라이터 한 개를 넣고 다녔을 거다

보자기 위의 별들은 두 개의 이름으로 점을 치고

얽히는 서로의 혀처럼 마찰하는 고무의 탄내

종이 울리면……

오래된 문장에서 도망치기 위해 힘겹게 내달리는 바퀴

마침표 없는 속력을 띄는데

탁자 위의 별들은 한 개의 이름으로

사실은 알고 있었지 낭만과는 거리가 멀다는 것

그 바퀴는 아스팔트 위로 청춘을 탕진했습니다 졸업 축하해,
너는 웃고 웃다가 묻는다

라이터 있냐고

안녕하세요, 화성인입니다

닦는다는 것에는 두 가지 의미가 있다. 하나는 누구보다 앞서서 길을 트는 것이고, 남은 하나는 이미 모두가 지나간 길바닥을 청소하는 것이다. 대개 사람들은 전자를 기억하고, 후자는 잊어버린다. 아마 나사가 우리를 잊어버린 것도 그런 이유가 아닐까?

머릿속에서 쓸데없는 생각들이 마구 튀어나왔다. 우주에서 열 달 동안 표류했던 세르게이 크리칼료프는 소련의 영웅이 되었다. 우리도 대한민국으로 돌아갈 수 있다면 영웅으로 칭송받을 수 있을까? 머리가 지끈거리다 결국에는 바닥에 누워 아, 몰라, 하게 되는 생각들. 그래도 이 상태가 다행일지도 모른다. 가만히 앉아 있다간 공전하는 우주 쓰레기처럼 정신이 빙빙 돌테니까. 내 앞에는 이미 태양계를 두 번 정도 돈 것 같은 표정을 한 호준이 의자에 앉아 있었다. 처음에는 들숨·날숨이 심해지는 정도였는데, 지금은 우주선 안에서도 헬멧을 쓰지 않으면 숨을 쉴 수 없어 하는 지경에까지 이르렀다. 우주에 가득 찬 수

소가 점점 우리 목을 조여 온다며 스스로 새까만 유리 헬멧을 뒤집어쓴 것이다. 처음에는 호준의 얼굴을 보지 못해서 불안했는데, 이제는 오히려 증상이 얼마나 심한지 모르니 마음이 한결 편했다. 최근 우리 사이의 대화는 기계 작동법 관련이 전부였다.

"『니하오마』에는 우주에서 표류하는 법 같은 건 없어? 단어만 1주일째야."

"내가 잘못한 것도 아니잖아. 중국어까지 잘했다면 청소부로 살지는 않았겠지."

그건 분명 반은 맞고 반은 틀린 말이었다. 지구 청소부들에게 중국어 따위는 필요 없었다. 그러나, 우주 청소부한테는 예외였다. 우주에서는 뭐든 잘해야만 살아갈 수 있었다. 갑자기 튀어나오는 소행성처럼 무슨 일이 벌어질지는 아무도 모르니까.

호준은 어떻게든 우주선을 다시 재가동하기 위해서 노력하고 있다. 기계 안내서가 중국어인 탓에, 호준은 강제로 『니하오마』라는 유아용 중국어 책을 읽어야 했다. 나는 먼지가 낀 유리창 너머로 지구의 모습을 바라봤다. 구름은 꿈틀거리고, 바다는 알게 모르게 조금씩 일렁였다. 낮에는 해류를 따라 구름이 시계 방향으로 회전하고, 밤에는 노란 불빛이 서울을 포함한 대한민국 수도권에서 크게 반짝였다. 지구는 바쁘게 돌아가고 있다. 우리쯤은 잊을 거라는 듯이, 우리처럼 잊히기 싫다는 듯이.

우주 청소부, 아직 이 직업을 기억하는 이가 남아 있을까?

우주 청소부는 놀랍게도 아르바이트에 분류됐다. 정규직은 꿈도 못 꾸고, 계약직 형태도 없을 것이다. 놀랍지 않은가? 잡코리아에서는 자격증 필요 아르바이트 항목에, 알바몬에서는 일반 아르바이트로 분류되어 있다. 그러나 구인 모집을 본 적은 없다. 당연히 나도 이 직업이 실존하는지조차 몰랐다. 직접 몇백 톤의 쓰레기 고리를 눈으로 봤을 때가 돼서야 아, 지금껏 들었던 우주는 모두 거짓이라고 생각했다. 빅뱅이 폭발하듯 반짝이는 진실들이 내 눈에 한가득 들어왔다. 화성인의 존재나 지구가 토성처럼 거대한 쓰레기 고리를 가지고 있다는 사실은 대학에서는 들은 적이 없다. 문과여서 그런 것일까? 아니면 폐교를 앞두던 지잡대. 뭐가 되었든 나와 호준은 분명 화성인에게 도움을 받았다. 그럼 믿어 줘야지. 그들이 청소부라고 할지라도. 오히려 반가울지도 모른다.

우주 청소부라고 꼭 특별한 것은 아니었다. 막노동과 다를게 없었기 때문이다. 우주 관리국 근처에서 작은 원룸 형태의 우주선을 빌리고, 미국 대기권을 막는 쓰레기들을 하나씩 주워서 러시아 땅에 버리는 일이었다. 당연히 몰래 진행되는 나사의 비밀 프로젝트였고, 선발 인원을 뽑는 기준도 아무도 알 수 없었다. 한국에서 나와 호준이 왜 나사의 부름을 받게 되었는지도 알 수가 없다. 그저 문과를 졸업한 내가 할 수 있는 직업 중 인테리어 디자이너를 선택했을 뿐인데. 물론 세상은 나를 인테리어 디자이너로 받아 주지 않았다. 나는 '페인트 도장공'이라고 불렸다. 벽면을 칠하고, 철통을 네 개씩 옮기고, 어지럽힌 바닥을 다시 물걸레로 닦고……. 이 짓도 못 해 먹겠네. 나는 일을 그만두고 제천의 한 인력사무소에 갔다. 그곳의 미지근한 마룻바닥에서 그만 배정을 잘못 받은 것이다. 어, 형씨는 공사장 말고 쓰레기 소각장으로 가세요.

온갖 악취가 코를 찔렀지만 상관없었다. 그건 청소부였던 엄마에게서 나는 냄새와도 비슷했기 때문이다. 청소부는 보통 이런 루트로 되는 경우가 많다고 한다. 이것부터 쓸어. 다음에는 저것도 담고. 잘하는데? 그냥 청소부가 되지 그래? 가진 것 없는 사람들이 무언가 쓸어 담고 싶다면, 할 수 있는 유일한 직업. 정말 이럴 거면 비싼 대학 등록금은 왜 냈는지. 잡다한 생각들이 넘쳐났지만 금세 구깃구깃 접어 휴지통에 던졌다. 좌 클릭. 휴지통 비우기. 인간은 왜 컴퓨터처럼 쉽게 청소하지 못하는 걸까? 클릭 한 번에 깨끗해진다면, 모두가 행복해할 텐데. 나는 휴지통을 비울 수 없어 생각들을 계속 구기기로 마음먹었다. 몸을 더 많이 움직이면 생각도 줄어들었다. 재활용 플라스틱을 모아서 소각 용광로에 넣고, 비닐들만 따로 떼어서 분리하고……. 큰 포클레인이 쓰레기를 무더기로 주면 우리는 일개미처럼 쓰레기를 옮겼다. 그중에는 노인도, 손가락 끝이 뭉툭한 장애인도 있었다. 그들의 얇은 허리춤에는 큼지막한 쓰레기들이 주렁주렁 달려 있었다. 그런 사람들은 대체 어디서 힘이 나는 것일까.

반장님은 전자 담배니 괜찮제? 하고서는 찬 공기 사이로 연기를 뿜어냈다. 자네, 몇 개월 동안 여기 있는 사람 중 가장 활발하구마이. 젊은 게 좋긴 좋아. 반장님, 젊은 게 좋은 게 아니라 할 수 있는 게 이것밖에 없어서 그래요. 그렇게 말을 하고 싶었지만, 휴지통에 던져 버렸다. 반장님은 이내 내게 더 큰물에서 놀고 싶지 않냐고 물었다. 큰물이요? 그래. 우주 말이다. 실은 내가 일론 머스크와 친구 아이가. 니 같은 우주 청소부가 필요하다는 장문의 문자가 왔다 안 카나. 로켓을 쏠 하늘의 면적이 부족하다 카데. 최악의 상황에는 화성 이주 정책을 위한 실험에도 큰 문제가 생길 수도 있다 카데? 자네는 한낱 지구의 쓰레기장에 있기에는 너무 아깝데이. 우주에 가서 더 큰 쓰레기도 치우고, 지구의 영웅이 될 생각은 없나? 일론 머스크가 아이언맨의 모델인 것은 알고 있제? 그런 영웅 말이데이. 반장님이 진지한 표정으로 내게 그렇게 말하니 웃음을 참을 수 없었다. 반장님이 뭔 일론 머스크……. 저야 좋죠. 근데 화성에서 그런 실험도 할 수 있는 거예요? 반장님은 주위를 살피더니 오른팔로 내 목을 감쌌다. 팔로 내 고개를 숙이게 했다. 학창 시절에 선배들한테 당했던 자세였다.

"마, 니 일론이 누군 줄 아는 기가? 363조의 사나이 아이가, 363조. 가가 화성 땅바닥에다 전기 발전소와 탐사 로봇 몇천 개를 쫘악 깔았다 카이? 그니까 얼마 안 가서 화성 땅바닥에 전기가 누전돼서 온도가 영상 40도까지 치솟은 기야. 가가 맘만 먹으면 온난화고 뭐고 다 일으킬 수 있데이. 그란데…… 가가 화성에서 실험하는 걸 들키면 유엔이나 평화 단체에서 뭐라 카겠노? 그래서 비밀리에 실험하는 기다. 문디 자슥아."

반장님의 말에 내가 알던 화성의 얼음 같은 이미지가 녹아 없어졌다. 반장님이 말했다. 자네가 좋다면 같이 갈 사람이 한 명 더 있는디, 임호준이라꼬……. 나이도 같으니 친구 아이가? 그게 호준을 처음 알게 된 순간이었다.

분명 컨테이너 속 작은 침대에서 잠이 들었는데 일어나 보니 다른 천장이 보였다. 포근했다. 아니 따뜻한 건가. 더워. 이불을 휙 젖히니 온몸에 땀이 맺혀 있었다. 그 옆에는 호준도 자고 있었다. 나와 호준만이 잠옷을 입은 채로 한 방에 있었다. 나는 곯아떨어진 호준 너머의 커튼을 열었다. 간판에는 '도지'라는 시바견의 엉덩이에서 불이 뿜어져 나왔다. 마치 로켓처럼. 그 강아지를 올라탄 일론 머스크는 화성을 가리키며 날아가고 있었다. 그렇다. 이곳은 캘리포니아에 있는 스페이스 엑스였다.

일론 머스크를 실제로 만날 순 없었지만, 수많은 과학자는 볼 수 있었다. 그들은 하나같이 흰 가운에 하얀 고글을 쓰고 로

킷 관련 서류를 손에 들고 있었다. 나와 호준은 영문도 모른 채 거기서 우주에 나갈 훈련을 받았다. 중력 가속도 내성을 위해서 원심 분리기에 들어가 7단계를 버텨야 했다. 엄청난 압력의 청소기가 머리부터 빨아들이는 것 같았다. 처음에는 정신을 잃었는데, 하다 보니 얼굴 살만 좀 처지는 수준까지 적응했다. 다른 훈련으로는 공항의 수하물 보관소 내부 같은 장소에서 하는 게 있었는데, 이름하여 캐치 앤드 클린 훈련이었다. 중력을 무시하고 공중에서 날아오는 쓰레기들을 낚아채서 쓰레기통에 던지면 됐다. 벽시계도 없어 시간을 알 수 없었다. 결국 땀방울이 비처럼 하늘을 날아다닐 때까지 몸을 쉬지 못했다. 호준과는 당연히 금세 친해졌다. 훈련소에서 하루 만에 전우와 말을 놓듯, 우리는 둘도 없는 친구 사이로 발전했다. 그럴 수밖에. 진짜 둘밖에 없었으니까. 넌 뭐 하러 이걸 하려는 거야? 그러게. 취준생 생활도 5년 차고, 엄마 눈치도 보여서 일단 온 거거든. 우주에 나간다면, 꼭 너에게 양말을 팔 거야. 뭐? 양말? 호준은 그때부터 미친 것 같기도 했다. 응, 양말. 우리 가족은 1호선에서 양말을 파는 가게를 하거든. 근데, 나는 양말 가게 따위는 하고 싶지 않아. 우주에서 양말을 팔고, 지구에 다시 가서 회사에 취업할 때 경력으로 넣을 거야. 우주 관리국 아래, 우주에서도 영업한 이력이 있음. 이만한 영업 사원은 지구에서 찾을 수 없을 테니까. 확실히 찾을 수 없겠네. 너는 뭐 하러 온 거야? 나도 뭐, 비슷하지. 우주 청소부도 곧 정규직으로 바꿔 준다니깐. 폭

발물 처리반처럼. 이 직업도 터질지 몰라. 이제는 '사'자 직업의 시대는 끝물이야. 식량난에 각종 전쟁에 자원 경쟁까지. 이제는 '부'자 직업의 시대가 다시 올 거야. 농부, 광부, 우주 청소부. 핵전쟁이 한 번 더 나면 원시 시대로 돌아갈 거라고 하잖아? 결국 끝의 끝까지 살아남은 사람들은 다 노동자들뿐인 거지. 호준은 내 말에 크게 웃었다. 그러고는 일어나 기지개를 켜며 말했다. 그럴 수도 있겠네. 아무도 관심 갖지 않는다는 게 문제지만.

로켓에 올라타자, 알 수 없는 기계음이 사방에서 들렸다. 수많은 외국어가 내 귀를 강타했다. 우리 말고는 아무도 없나요? 나의 질문에 젊은 안내원의 목소리가 로켓 스피커를 통해 흘러나왔다. 네. 이 로켓은 무인 운전이 가능합니다. 테슬라의 창업주, 일론 머스크 님이 개발한 기술이죠. 하여튼, 그 양반 무인 운전을 참 좋아한단 말이야. 다른 운전사들은 뭐 먹고 살라고……. 나와 호준은 아! 소리를 강하게 낸다. 입을 열어야만 압력 차이가 나지 않아서 허리가 부러지지 않는대. 아, 아, 아! 우리의 목소리가 커질수록 로켓의 내부는 뜨거워졌다. 어느새 엉덩이 쪽에 감각이 없다. 놀이 기구를 탄 것처럼 하체의 무게감이 느껴지지 않는다. 창문을 통해 본 하늘은 점점 어두워지다 이윽고 어둠으로 칠해졌다. 언제까지 가야 할까? 두려움 속에서 문득 떠올린 것은 다름 아닌 일론 머스크의 인터넷 밈이었다. 화성, 갈 거니까.

그니까 비행까지는 좋았다니까. 좋긴 뭐가 좋아, 그때부터 허리가 아팠다고. 며칠 동안 우주선에 표류하고 있는 우리는 어디서부터가 문제였는지 말다툼을 벌였다. 일단 로켓을 타고 우주 관리국에 간 것까지는 문제가 없었다. 그 후, 우주 관리국에서 빌린 청소 전용 우주선부터 문제였다. 망할 메이드 인 차이나. 그렇게 앙숙 같던 미국과 중국이 같은 우주선을 쓴다는 것을 어떤 노동자가 알았겠는가. 우주선은 몇 주간 사이렌을 울리더니 중국말과 함께 대기 모드에 들어갔다. 다시 풀려면 중국어를 알아야 하는데, 나사는 이런 훈련은 왜 빼놓은 건지 원망스럽기만 했다. 결국 쓰레기 고리의 중력에 편입하여 조금씩, 우리는 아주 조금씩 미국 하늘 밖으로 나가기 시작했다.

"구조대가 오겠지."

나는 막연한 믿음을 가진 채, 오늘도 캐치 앤 클린을 진행했다. 빠르게 날아오는 우주 쓰레기 덩어리를 향해 몸을 던진다. 그때만큼은 만화 속 슈퍼 히어로가 부럽지 않다. 그 덩어리와 부딪히면, 준비해 둔 청소기를 켠다. 엄청난 압력의 청소기가 작은 중력장을 만들고, 나는 재빨리 호스를 타고 우주선으로 돌아간다. 미리 우주선에서 대기하던 호준의 역할이 시작된다. 구부러진 호스를 펴고, 뻥튀기 아저씨처럼 압력을 한순간에 터트린다. 우주 쓰레기들은 운석과 같은 속도로 러시아로 날아가 버린다. 러시아 사람들은 그 쓰레기를 보면서 소원을 빌지도 몰라. 사실 그 희망은 쓰레기인데 말이지.

"그럼 우리는 왜 이제껏 뼈 빠지게 청소한 건데?"

나는 지금껏 해 왔던 청소를 후회했다. 애초에 이걸 청소라고 부를 수 있나? 하긴 나도 어릴 적에 눈에 안 보이는 데다 옷을 다 숨겨 놓고는 청소를 끝낸 척했지. 그것에 대한 벌일지도 모르겠다. 그때였다. 어디선가 청소기 소리가 들렸다. 위이잉. 구조대다! 호준도 절망적인 모습은 어디 가고 나와 같이 소리쳤다.

"청소기 3호입니다. 저희 우주선이 고장 나서요. 구조 요청 바랍니다."

그러나 구조대는 우리를 스쳐 지나갔다. 말을 알아듣지 못하는 것일까? 불안한 마음에 아는 외국어를 다 뱉었다. 헬프 미, 다스케테쿠다사이……. 야, 뭐라도 말해 봐. 나 발음할 줄은 몰라. 뜻만 안다고. 호준은 고민하다 결국 한마디를 말했다.

"니…… 니 하오 마?"

마지막 중국어를 들었는지 우리를 지나가던 구조대가 우리 쪽으로 돌아왔다. 됐어. 살았어. 중국 만세! 수많은 별을 뚫고 빨간 우주선이 날아왔다. 그들은 긴 통로를 우리 우주선 입구에 꽂고는 문을 열고 우릴 향해 걸어왔다. 니 하오! 우리는 손을 흔들었다. 그러나 그들은 청소기를 겨누면서 말했다.

"연료 가스를 내놔. 그렇지 않으면 너희들을 이 청소기로 빨아들이겠어."

그들은 위협용으로 청소기를 켰다. 청소기는 엄청난 압력을 자랑하며 동결 건조한 토마토를 빨아들였다. 눈알이 뽑힐지도, 머리털이 다 뽑힐지도 모른다. 이런, 우주 강도가 실존했다니. 미세먼지를 입에 한가득 담은 것처럼 숨이 턱 막혔다.

나는 잠옷 차림, 호준은 헬멧과 잠옷만을 걸친 채 구석에 기대어 있었다. 그래도 헬멧이라도 하나 더 줬네. 나사보다 나을지도 모르겠다. 우리는 가만히 그들이 우리 식량을 가져가는 모습을 지켜봤다. 이봐요, 한국인끼리 정도 없어요? 그러자 리더로 보이는 한 명이 뒤늦게 우주선에 올라타며 말했다.

"우리는 한국인이 아냐."

"뭐라고요?"

그는 앞선 두 사람의 강압적 태도와 약탈에 대해서 사과했다. 그러면서 자신들을 화성인이라고 소개했다.

"우리는 화성인이지, 지구인처럼 정신없이 사는 건 아냐. 우리는 복지를 제1원칙으로 지키지. 과로사 따위는 없는 환경 말이야."

나는 그 말이 황당했다. 그러나, 오랫동안 사람이라곤 호준만을 만나서일까? 아니면 밥도 제대로 먹지 못하고 일만 했던 근무 환경에 싫증이 난 걸까?

"안심하라고, 화성인이니까."

그 허무맹랑한 말이 꼭 40도까지 치솟는 화성의 온기를 담고 있는 것만 같았다. 반장님의 말이 불현듯 떠올랐다. 마냥 덥지만은 않을 것 같다. 무언가, 따뜻하고 포근한 가족의 온도일 것만 같았다. 안심하세요, 화성인입니다. 나는 그 온도를 제대로 느끼고 싶었다. 잠시만요, 정말 화성인이 맞으신 거죠? 리더로 보이는 남자는 자신의 가슴팍을 두 번 쳤다. 우주복에는 MARS가 적혀 있었다. 나와 호준은 그때부터 화성인의 존재를 믿기 시작했다.

화성인은 총 세 명이었다. 데이빗, 하칸, 박두재 씨로 구성되어 있었다. 그중 박두재 씨는 이 거대 우주 함선의 리더를 맡고 있었다. 우리 우주선도 이 우주 함선의 창고 한 칸에 대기시켜 놓을 정도로 큰 크기였다. 중요한 점은 그들 또한 몇 년 전 나사가 보낸 우주 청소부 출신이라는 것이었다. 우리는 동결 건조된 푸석푸석한 볶음밥을 먹었다. 어색하군. 처음 보는 화성인과의 식사라니. 그래도 박두재 씨는 살벌한 근육과 달리 매너가 있는 아저씨였다. 입을 가리며 내게 물어보는 것만 봐도 그랬다.

"나사에서 보냈다고? 우주 청소부? 나 참, 그런 걸 아직도 믿다니."

"그게 무슨 소리죠?"

이 가설은 박두재 씨의 상상과 경험을 토대로 만들어졌다. 일론 머스크는 10년 전부터 자신을 비롯한 우주 청소부들을 모아 대기권에서 쓰레기를 청소하게 했다고 한다. 그러나 목적은 로켓을 쏘기 위함이 아니었다고. 그가 여태껏 우주 청소부를 보낸 진짜 이유는 이랬다.

"화성은…… 지구인이 살기 너무 더럽거든. 매일 모래바람이 불고, 산사태가 일어나지. 그는 처음부터 지구 대기권 오염 따위는 관심 없었어. 꼴에 전기 자동차라고 공장을 펑펑 돌리는데. 잘 들어, 우주 청소부는 시험이야. 화성의 청소부가 될 수 있는지에 대한 시험. 매일 오염되는 화성을 깨끗이 유지하기 위해서는 엄청난 청소력을 갖춘 사람이 필요할 테지. 일론은 화성을 또 다른 지구 정도로 생각하는 거지."

화성은 또 다른 지구. 그럼, 화성인도 또 다른 지구인에 불과한 것인가. 그 생각이 들기 무섭게 박두재 씨가 내게 말했다.

"다만, 우리를 그런 장사꾼이랑 비교하진 말게. 적어도 내가 생각하는 화성은 지구가 아니고, 당연히 화성인은 지구인이 아니야. 화성인은 지구인보다 더 자유로워야 해. 단순히 고용주와 노동자 같은 계급 사회도 아니야. 모두가 청소기를 든 세상. 더러운 것들을 모두 빨아들인 세상. 네가 생각하는 화성인 이미지는 이렇지 않나?"

나는 그 말에 반박할 수 없었다. 정확히 무슨 이유로 화성인이 되고 싶다 한 것인지 나조차도 잘 모르니까. 다만 그 엄청난 압력, 따뜻한 미래를 잠시나마 꿈꾼 것은 사실이었다. 화성인은, 지구인과는 달라. 어떻게 하면 화성인이 될 수 있죠?

"화성인이 되는 법 따위는 없어. 화성을 청소하고, 또 사랑한다면 넌 자연스레 화성인이 되어 있을 거야. 넌 너 자신과 화성을 위해 뭘 할 수 있지?"

　박두재 씨는 화성인들을 먼저 소개했다. 데이빗은 미국 실리콘밸리에서 일하는 옥수수 농부 출신으로, 어떤 상황에서든 생명을 틔우는 능력이 있다. 박두재 씨는 은퇴한 씨름 장사로, 엄청난 괴력을 자랑했다. 하칸은 한·몽 혼혈로, 엄청난 청각과 3.0의 시력을 소유한 전직 회사원이었다. 그에 반해 우리가 가진 힘이라면 이런 것들뿐이었다. 저는 청소 하나는 기가 막히게 잘합니다. 한 톨도 못 닦은 먼지가 없어요. 집안 대대로 전해지는 능력이거든요. 할아버지는 63빌딩 초대 청소부에, 어머니 또한 강남 힐스테이트 아파트 단지를 관리하는 청소부거든요. 데이빗과 하칸은 못마땅한 표정으로 고개를 저었다. 지구에서 했던 청소로는 우주에서 살아남을 수 없어. 박두재 씨는 냉정하게 말했다. 그럼 호준 씨는? 호준은 잠시 뜸을 들이더니 말했다. 저는 양말 가게 아들입니다. 그러나, 더 이상 양말을 팔고 싶지는 않습니다. 뽑아 주신다면, 제가 신은 양말에 구멍이 나도록 열심히 살겠습니다. 박두재 씨는 턱을 괸 채로 말했다. 판매는 아무 상관이 없어. 그러나, 난 그런 너의 절박함이 좋아. 우리는 겨우 동행을 허락받았다. 조건은 우주선에서 밥과 빨래, 잡일을 도맡는 것이었다. 화성인이 되기 위해서는 거쳐야 하는 절차가 하나 있었다. 지구에서 가져온 것들을 지구 쪽으로 버리는 일이었다. 더 이상 지구에 미련을 갖지 않도록. 호준은 고민 끝에 양말 한 개만을 남기고 모두 버리기로 했다. 『니하오마』를 버릴 수는 없는 모양이었다. 어차피 화성인 아저씨들은 양말도 신지 않으니 팔 수 없다는 것이 그 이유였다. 나는 1년 같은 1분을 고민했다. 엄마가 내가 태어난 날을 기념해 만든 손수건과 나사가 준 위치 알리미. 나는 그 위치 알리미를 버리기로 했다. 갖고 있어 봤자 헛된 희망만 품을 것 같았기 때문이다. 쓰레기를 보며 소원을 빌 러시아 사람처럼.

우리의 물건을 담은 서류 가방은 펑, 하는 소리와 함께 우주선 밖으로 날아갔다. 서류 가방은 하칸의 것이었다. 어차피 앞으로 출근할 일도 없겠다며 흔쾌히 건네주었다. 서류 가방은 러시아 근방 대기권으로 빨려 들어갔다. 서류 가방은 이윽고 불이 붙더니 흔적도 없이 타 버렸다. 마치 헛된 꿈처럼. 그 의식이 끝나자, 데이빗은 우리에게 화성인이라는 글씨가 적힌 명함을 주었다.

─위 사람은 비록 화성에서 태어나지 않았지만 뛰어난 청소력을 지녔으므로, '우수 청소부 전형'을 통해 화성인 국적을 취득함.

호준은 다 타 버린 서류 가방을 향해 중얼거렸다.

"천지…… 현황 우주…… 홍황."

"무슨 말이야?"

"『니하오마』에 있던데. 우주에서 쓰는 작별 인사래."

그는 계속 그 말을 중얼거렸다. 부디 좋은 뜻이었음 했다. 잘 가. 지구인인 나여.

화성인이라고 화성에 사는 것은 아니었다. 우리는 화성과 지구 근처의 고리를 계속 맴돌았다. 지구인도 화성인도 아닌 애매한 표류인이 된 것만 같았다. 그러다 빈 우주선을 발견하면 연료 가스만 빼 가는 우주 강도의 삶. 호준은 내심 이런 삶에 회의를 품고 있어 보였다. 바닥을 닦으면서도, 빨래를 하면서도 자꾸 지구에 돌아가고 싶다고 말했다. 힘없이 비틀거리는 호준의 얼굴색은 날이 갈수록 창백해져 갔다. 그나마 남아 있던 양말 한 짝도 구멍이 나기 시작했다. 호준은 걸레질하던 도중 갑자기 바닥을 기었다. 왜 그래? 어디 아파? 호준은 계속 괜찮다며 청소를 이어 나갔지만, 다시 바닥에 쓰러졌다. 그날부터 호준은 청소에서 빠지고 방에서 휴식을 취했다. 화성인들도 겉으로는 무덤덤했지만, 속으로는 걱정되었는지 계속 간병을 해 주었다. 간호사 생활도 해 봤던 데이빗이 어렴풋이 진찰을 내렸다.

"무슨 병이야?"

우리의 물음에 그는 말했다.

"호준이는 지구에 1퍼센트도 되지 않는 우주 공포증 환자야."

"어떻게 해야 나아질 수 있는데요?"

나의 질문에 데이빗은 고개를 저었다. 말하자면, 일종의 향수병이야. 가족을 보기 전까지는 제대로 숨을 쉴 수 없을 거야.

밤늦게 나를 깨운 것은 다름 아닌 호준이었다. 그는 잠시 나와 봐,라는 말과 함께 내 손을 잡고 창고까지 끌고 갔다. 창고는 오랜만에 불이 켜져 있었다. 우리가 청소기 3호 우주선을 주차한 이후로는 들어간 적이 없었는데. 호준은 대뜸 내게 이렇게 말했다.

"너는 누구 없이는 못 산다, 하는 사람 있어?"

"엄마가 그립기는 하지만, 이미 석 달이나 우주에 살았는걸. 세르게이 크리칼료프는 열 달도 표류했다는데, 뭘."

호준은 어린애 같은 코맹맹이 목소리로 말했다.

"나, 1호선 사람들이 보고 싶어. 양말을 팔고 싶다는 게 아냐. 단지, 회사에 입사하고 1호선을 타고 당당하게 출근하고 싶어."

그 말이 끝나자, 청소기 3호의 헤드라이트가 켜졌다. 너, 뭐 하려는 거야? 다른 화성인들이 눈을 비비며 말했다. 호준은 청소기 3호로 발을 옮기며 말했다.

"그동안 신세 정말 많이 졌습니다! 더 이상 무임승차는 하고 싶지 않습니다. 저도, 한 번쯤은 제값 내고 타고 싶습니다!"

호준은 괜찮다는 화성인들의 말 따위는 듣지 않았다. 그는 처음부터 화성에 가고 싶은 '지구인'이었으니까. 나 또한 그를 막을 수 없었다. 한 번쯤은 하고 싶은 대로 하는 것, 그 마음을 누구보다 잘 알기 때문이었다. 호준은 내게 『니하오마』를 건넨 후 청소기 3호에 시동을 걸었다. 그 후 호준은 아득히 멀고도 깜깜한 지구를 향해 날아갔다. 난 위태롭게 날아가는 우주선을 보며, 그가 꼭 지구에 도착할 것이라고 믿었다.

　호준이 떠난 뒤로 목욕물이 끊겼다. 차가운 물이 내 머리 위로 뚝뚝 떨어지더니 이내 호스에서는 어떠한 물도 나오지 않았다. 나는 유통 기한을 알 수 없는 샴푸를 머리에 묻힌 채, 그대로 바닥에 주저앉았다. 피부 살갗으로 찬바람이 닿았다. 이렇게 주저앉을 때마다 어릴 적 기억이 떠오른다. 까마득하게 어린 내가 밤늦게 빌딩 지하에 위치한 여탕에서 물장구를 치는 모습. 엄마는 손님들이 다 떠나고 홀로 여탕을 청소한다. 수세미를 쥔 엄마의 손은 주부 습진으로 인해 다 터져 있다. 얼마쯤 지났을까, 손님들이 다시 오기 시작한다. 전에 맡던 청소 약품 냄새가 빠지고, 오이 비누의 향긋한 향이 탕 안을 가득 메운다. 새 목욕물이 욕탕에 조금씩 차오른다. 예, 들어오셔도 돼요. 그때, 나는 그 아줌마의 혼잣말을 들었다.

　"아니, 니는 남탕인 줄 알았네."

　그 이후로도 그 아줌마와 여러 번 만났지만, 엄마는 아무 말 없이 내 몸을 구석구석 씻겼다. 엄마의 거친 손길에, 때가 후드득 흘러내렸다. 엄마의 손도, 나의 허벅지도 빨갛게 달아올랐다.

　그런 엄마가 지하 2층 여탕부터 차근차근 지상으로 올라오기 시작하더니, 이제는 20층을 닦는 청소부가 되었다. 엄마 스스로 굉장히 자랑스러워하는 부분이다. 그러나 나는 아직 그 지하 2층 여탕에 머물러 있다. 청소 중인 엄마의 어깨 너머로 본 사모님들이 족욕을 받는 모습은 아직도 잊히지 않는다. 어릴 때 그런 말도 했던 것 같다.

"엄마도 족욕 좋아해?"

"엄마는, 청소를 좋아해. 하다 보면 마음도 깔끔해지고, 아빠 생각도 안 나고."

그 이후로 족욕에 관해서도, 아빠에 관해서도 물어본 적이 없다. 그저 매주 힐스테이트 빌딩에 들락날락하며 사람들에게 '청소부 아들내미'란 말을 듣기만 할 뿐이었다. 엄마는 나사에 간 나를 자랑스러워하겠지. 학생 때 부반장 한 번 한 걸로 엄청 좋아했으니까. 그런 생각에 나는 현실로 돌아와 샴푸를 털어 버린다. 거울에 비친 내 모습을 보고 나중에 엄마를 만난다면 할 말을 뱉어 본다.

"엄마. 사실은 나도, 청소가 좋아."

호스에서는 물이 찔끔씩 흘러나온다. 나는 애써, 눈물주머니를 잠근다.

이제 끝인 걸까. 우주선은 더 이상 작동하지 않는다. 곧 물뿐만이 아니라, 모든 기능이 멈출 것 같다. 박두재 씨는 있는 힘껏 기계를 때려 봤지만, 그런다고 불이 들어오지는 않았다. 데이빗이 키운 나무도 일을 해결해 줄 수 없었다. 하칸이 저 먼 곳을 쳐다본다고 해도, 구출해 줄 이는 없다. 이런 게 아니야. 다른 힘이 필요해. 나는 그렇게 생각하며 이곳저곳을 청소한다. 청소하던 도중, 호준의 베개 밑에서 자기소개서를 발견했다. 그 뒷면에는 우주 공포증 속에서 꿋꿋이 펜을 잡은 호준의 편지가 적혀 있었다.

나는 언젠가 지구로 돌아갈 거야. 나는 어쩔 수 없는 지구인이니까. 그러나 너는 다를 거야. 너는 꼭 화성인으로 남아 줘. 내 몫까지 살아 줬으면 해. 화성, 그곳만큼은 네가 일론 머스크보다 먼저 갔으면 좋겠어. 절대로, 지구와 같이 만들지 말아 줘. 훨씬 깨끗하고, 훨씬 살기 좋은 행성으로 만들어 줘. 그곳에서 제천 소각장 사람들과 1호선 사람들과 너희 가족들까지 다 함께 사는 거야. 그때가 되면 내가 너를 찾을게. 안녕.

나는 눈물을 글썽이며 속삭였다. 누가 누굴 찾아. 그때 어떤 존재가 내 어깨를 토닥였다. 왜 그리 슬프게 울어. 괜찮아. 나는 화성같이 따뜻한 그 품에 안겼다. 이 목소리는 호준인데, 덩치는 전혀 달라. 누구지? 고개를 들어, 내 품에 있는 남자를 확인했다. 우주에서 열 달간 표류했던, 세르게이 크리칼료프가 나를 안아 주고 있었다. 왠지 그에게서, 호준의 향이 느껴졌다. 땀에 젖은 양말에서 나는 습한 냄새.

"나, 드디어 회사에 취직했어. 이제 우리 가족은 1호선에서 장사할 필요 없다고."

나는 진심으로 그를 축복해 준다. 만난 적도 없는 얼굴을 한 호준을. 그는 내 손을 잡더니 내 주머니 속에 있던 손수건을 꺼냈다.

"이걸로 엔진을 닦아 봐."

엔진 깊숙이의 나사들을 닦아 내자 묵은 때들이 묻어 나왔다. 이윽고 엔진의 열이 내려가더니 소리도 차츰 잦아들었다. 마치 기저귀를 갈아 주니 갓난아기가 울음을 그치는 것처럼. 세르게이 크리칼료프는 내게 말했다.

"이 손수건, 버리지 않아 줘서 고맙대. 너희 엄마가."

"우리 엄마? 잘 있는 거지?"

"우리는 모두 너를 기다리고 있어. 지구에 돌아오는 네가 아닌, 화성에 도착할 너를."

"당연하지. 난 포기하지 않을 거야. 모두를, 그곳에 초대할 거야."

세르게이 크리칼료프는 내가 자랑스럽다는 듯이 고개를 끄덕이며 말했다.

"너에게는 엄청난 청소력이 있어. 모든 청소인의 슬픔을 닦아 줄 힘이. 너는 단언컨대 우주 최고의 청소부야."

그 말을 끝으로 세르게이 크리칼료프는 사라졌다. 그가 사라지니, 다시 우주 함선이 움직이기 시작했다. 저기! 박두재 씨가 창문 너머를 가리키며 말했다. 밖에는 '청소기 4호'라고 적힌 우주선이 멈춰 있다. 우리 다음 청소부들인가 보군. 어떡할까? 데이빗의 질문에 나는 당당히 답한다.

"구해 줘야지. 우리는 화성인이잖아."

화성인들은 청소기를 든다. 그러나 위협하지는 않는다. 우리는 그들과 함께 화성으로 갈 것이다. 따뜻하고 푹신한 화성 토양에 엄마의 손수건을 국기 삼아 꽂을 미래를 꿈꾸면서 말이다. 그들이 어떤 상처를 가졌든 상관없다. 모든 청소인의 상처는 그저 먼지일 뿐이니까. 나는 그 먼지들을 모조리 청소기로 빨아들여 줄 것이다. 엄청난 압력으로. 없애고 싶었을 테니까. 깨끗이 닦고 싶었을 테니까 말이다.

나는 청소기를 켜며 그들에게 말한다.

"안심하세요, 화성인입니다."

우리가 딛고 선 것들

영장 실질 심사를 앞두고 분신해 숨진 민주노총 건설노조 강원
지부 간부 양회동 씨의 발인이 21일 엄수된다.

이에 따라 지난달 2일 양 씨가 숨진 지 50일 만에 장례 절차가
모두 마무리된다. 건설노조는 지난 17일부터 닷새간 노동시민사회
장으로 장례를 치렀다.

'영원한 건설노동자 양회동 열사 장례위원회'는 이날 오전 8시
서울대병원 장례식장에서 발인 미사를 봉헌한다.

발인을 마치고 오전 11시 서울 서대문구 경찰청 앞에서 노제를,
오후 1시 광화문 동화면세점 앞에서 영결식을 한다.

건설노조 관계자는 "경찰 강압 수사 사과와 윤희근 경찰청장 파
면을 요구해 온 만큼 경찰청 앞에서 규탄대회 형식의 노제를 진행
할 것"이라고 설명했다.

장례는 오후 4시 경기 남양주시 모란공원 민주열사 묘역에서 치
러지는 하관식을 끝으로 마무리된다.

장례위원회는 "열사의 염원인 건설노조 탄압 분쇄와 민주노총
사수, 사죄와 명예 회복을 위해 다양한 활동 등을 이어 나갈 것"이

라고 말했다.

건설노조 강원지부 3지대장이었던 양 씨는 노동절인 지난달 1일 구속 전 피의자 심문(영장 심사)을 앞두고 춘천지법 강릉지원 앞에서 분신했다. 그는 전신 화상을 입고 중태에 빠져 서울 한강성심병원으로 이송돼 치료받다가 이튿날 숨졌다.

양 씨는 강원 지역 건설 현장에서 조합원 채용을 강요하는 등 공사를 방해하고 현장 간부의 급여를 요구한 혐의 등으로 수사받았다.

건설노조는 유가족으로부터 장례 절차를 위임받아 지난달 4일 빈소를 강원 속초시에서 서울대병원 장례식장으로 옮겼다.

(「민노총 '분신' 양회동 씨 사망 50일 만에 영결식」, 『강원도민일보』, 2023년 6월 21일 자.)

잊히지 않는 것과 잊어서는 안 되는 것이 있다. 나에게 전태일 열사는 둘 다라고 생각한다. 잊히지 않고, 잊어서는 안 되는 것. 오늘 영화 〈태일이〉를 봤다.

지난 5월, 민주노총 양회동 열사가 윤석열 정부의 노동 탄압 중단을 요구하며 분신했다. 분신 하루 만에 숨을 거둔 그는 약 50일이 지나서야 세상과 영결할 수 있었다. 그날 종로구와 서대문구 일대에는 6천여 명을 동원한 긴 행렬의 행진이 이어졌다. 나는 그가 역사에 기록되기를 기원한다. 그러나 그럴 일은 없겠지.

며칠 전 개인 SNS에 그런 말을 했다. '삶의 고됨을 받아들이고 더 잘 살기 위해 노력하는 사람들은 왜 이렇게 아프게 다가올까.' 일곱 번의 수술 끝에 하늘나라로 딸을 보낸 어머니와 뇌병변장애를 앓고 있는 어떤 젊은이의 글을 보고 남긴 말이었다. 나는 어딘가 체념한 듯한 그들의 글을 보며 무척 괴로웠고, 그 괴로움을 해소할 수 없어 몸 둘 바를 몰랐다. 그 끝에 탄생한 문장이었다. 그 안에는 차라리 그들이 화를 내기를 바란다는 의미가 내포되어 있었다. 왜 나에게 이런 일이 생긴 거냐고 억울해하고 소리쳤다면 내가 이렇게 아플 일은 없었을 텐데. 이기적인 생각이었다.

그 어느 때보다 착잡한 마음으로 글을 쓴다. 영화의 러닝타임 내내 나도 모르게 태일이가 얼마나 피를 토하는 심정이었을지 가늠했고, 그러다 보면 이따금 마음이 아파 견딜 수가 없어졌다. 여전히 누군가 둔기로 가슴 중앙부를 세게 가격한 것만 같다.

"그럼 자네는 왜 여기 있나?"

그리고 그 수많은 대사 중에서 내 마음을 가장 강력하게 뒤흔든 한마디가 있다. 목사님이 공사판에서 일하던 태일이에게 건넨 말이다. 그 말은 태일이가 마음을 다시 한번 다잡고 본격적인 노조를 결성하는 계기가 된다. 나 또한 그런 적이 있다. 작년의 나는 악에 받쳐 있었다. 부당한 일이라면 그게 무엇이든 쉽게 분노를 느꼈고, 번번이 격분한 상태로 사회를 논하고는 했다. 이 사회가 얼마나 이상하냐고. 우리는 약자의 편에 서야 한다고. 그러나 실질적으로 열일곱 살이 할 수 있는 일은 없고 나에게는 화를 내는 것이 최선이라고 믿고 있었다. 위선적이지 않을 수 없는 자세였다.

이것은 내가 한 해를 마무리하며 문학 선생님께 보낸 편지의 일부다.

'저는 사회 약자에 관심이 많고 그래서 작가가 되고 싶습니다. 이 기형적인 사회 구조에 대해 말하고 싶습니다. 그러나 선생님이 소개하신 시를 보고 따뜻한 집에서 그저 손가락으로 불균형을 논하는 제가 위선자라는 사실이 너무 불편하고 부끄럽고 또 괴로웠습니다. 그리고 제가 할 수 있는 것들을 생각했습니다. 적은 금액이지만 매일유업에서 주관하는 독거노인을 위한 우유 안부 사업에 기부를 했어요. 선생님께서 이렇게 선한 영향을 끼친다는 것이 훗날 힘이 되셨으면 좋겠습니다.'

그때 선생님이 가르치신 시 중 하나는 「슬픔이 기쁨에게」였다. 교과서에 없는, 선생님께서 따로 준비해 오신 시였다. 그 시를 배울 때 내가 느낀 감정을 활자로는 도무지 풀기가 어렵다. 단지 시인이 사회에 무슨 말을 해야 했는지 그렇게나 뼈가 저리게 절감한 적이 처음이었다는 말만을 단언하겠다. 12월의 초입, 다가오는 시험을 위해 공부를 하다가 자꾸만 척추를 타고, 전신을 침범하는 그 어떤 자괴감을 견딜 수 없어 나는 썼다.

'나는 위선자다. 따뜻한 집에서 불균형을 논하는 나는. 돌이킬 수 없는 위선자다. 때로는 그 사실이 너무나 괴로워 견딜 수

없다. 부끄럽고 불편하다.'

그때는 그 글을 쓰지 않으면 정말이지 미쳐 버릴 것만 같았다. 그저 가만히 앉아 있는 것만으로도 괴로움이 폐부를 찔렀고 종내에는 내가 숨 쉬는 모든 순간을 부정당한 기분을 느껴야 했다. 목사님의 말을 들으며 나는 부끄러움에 숨이 막혔던 때를 떠올렸다. 감히 태일이와 동병상련의 마음이 들었던 것도 같다. 그러나 정말로 그때 그가 나와 비슷한 기분을 느꼈는지는 알 수 없다. 그와 나에게는 약 반백 년의 간극이 있으므로 나는 태일이도 그런 기분이었을까, 지레짐작만 할 뿐이다. 그럼 자네는 왜 여기 있냐는, 뼈를 관통하는 문장에 그도 그렇게 부끄러워했을까.

열일곱 살의 그날처럼 내가 할 수 있는 것들을 생각한다. 지금의 내가 할 수 있는 것.

그러므로 나는 이 글을 쓴다. 지금 나의 모든 착잡함을 비롯한 애틋함과 괴로움을 잊고 싶지 않다. 분실하고 싶지 않다. 소거되도록 보고만 있고 싶지도 않다. 노동자로 사는 모든 순간을 가슴에 새기고 싶다. 나는 어른이 되어서도, 어쩌면 영원히 태일이의 모든 마음을 이해하지 못할 것이다. 태일이가 무슨 마음으로 법을 믿고, 법을 준수하라고 외쳤는지 다 알 수는 없을 것이다. 감히 내가 그럴 수는 없을 것이다. 그러나 적어도 지금 느끼는 모든 감정을 잊지 않을 수는 있을 것이다. 그 감정을 마음에 담아 그를 기리고, 애도하고, 잊지 않을 수는 있을 것이다.

그러나, 그의 위대함을 예찬하면서도, 내가 긍정할 수 없는 한 가지. 먼저 보낸 자식을 가슴에 묻는 것만큼 괴로운 일은 없을 테다. 생떼같이 눈에 밟히는 아이를 가슴에 묻어 보내 줘야 하는 것만큼 참혹한 일이 어디 있다는 말인가. 그러므로 이소선 열사가 아들의 뜻을 이어받아 노동자의 어머니로서 삶을 마감했다는 문구에 나는 이루 말할 수 없는 슬픔을 느끼었다. 그리고 이내 의구했다. 내 아이를 그토록 고통스럽게 만든 일을 어떻게 이어받을 수 있었을까. 그러나 길지 않은 시간이 지나 알 수 있었다. 내 아이가 그토록 염원하던 일이기에, 뼈가 으스러지는 괴로움을 안고 계속할 수 있었던 것 아닐까, 하고.

내일 첫 출근을 한다. 핫도그 가게의 마감 아르바이트다. 부모님과 유독 돈 문제로 마찰이 잦은 최근이었다. 나는 돈이 밉다. 단지 돈 때문에 많은 것을 포기했다. 학원, 용돈, 교우 관계. 가지고 싶은 것을 바라만 보고 밥을 김에 싸 먹거나 참치 통조림과 마요네즈, 김치로 끼니를 때우는 나날은 점차 익숙해졌다. '경기가 어려우니 이해하라'는 그 말이, 머리로는 이해가 되면서도 가슴으로는 도무지 이해되지 않았다. 언니와 오빠는 자연스레 누린 것이 나에게는 돌아오지 않는 사실이 억울해 미칠 것 같았다. 나는 살아가는 데 있어 돈만큼 불가결한 것은 없다는 사실을 무척 처질하게 깨우친 것이다. 어딘가에 소속되기 위해선 값을 지불해야만 하는 세상이다. 그러니까 돈을 벌고 싶었다. 내 힘으로, 오로지 나의 돈을.

아직 나는 모르는 게 많다. 그것들을 '모르는 것'이라고 하나로 치부해도 될까 싶을 정도로 많다. 그러므로 궁금하다. 내일 나는 알바를 구한 사실을 후회할까. 노동의 의미를, 얼마나 뼈저리게 알 수 있을까.

내가 딛고 선 것들. 우리가 딛고 선 것들. 그것들은 모두 우리다. 그가 말하지 않았던가. '우리'는 모두에게 필요합니다. 내가 우리고 우리가 나입니다. 나는 우리가 딛고 서기 위해 기꺼이 발판이 될 테다. 그렇게 해서 그를 잊고 싶지 않다.

오늘도 나의 하루가 평안 속에서 지난다. 내가 딛고 선 것들이 이루어 낸, 그 어떤 평안 속에서. 나는 웃을 수도 울 수도 없다. 그저 고개를 처박고 발밑을 내려다볼 뿐이다.

그곳에서 스물세 살의 청년이 웃고 있다.

나는 주먹을 쥐고 앞으로 나아간다. 빠른 속도로, 그러나 너무 빠르지는 않게. 눈에 담을 수 있는 모든 것을 최대한 꼼꼼히 담으며. 자괴감 대신 스물세 살 청년의 환한 미소를 복기하며. 그렇게.

배고픈 천사가 사는 중국집

천사는 사천짜장을 볶는다
고추기름 냄새로 베를 짜고 전분으로 날개를 만든다
옷이 짧은 언니들과 이가 누런 남자들이 오면
그들을 거룩히 하려는 듯 불 쇼를 보여 준다
그 모습이 귀엽다고 걔 앞주머니에 5만 원을 꽂아 주는 건
몰라, 장미 같은 이름을 가진 언니들

천사야 좋니
배부르니

천사의 팔에는 화상 자국이 너무 많아서
그 애 팔을 베고 자면 나도 불에 탈 것 같아 무서워
타오르는 불 속에서, 나를 두고 천사가 춘장을 버무릴까 봐
무서워
배달 종이 울리면 쏜살같이 뛰어나가는 천사야
어느 날 네가 날개를 펼치고 날아가는 상상을 해

날아가
저 멀리 도망가
이 마을을 내려다보고 실컷 비웃어
기울어진 배달 통에서 짜장면이 비처럼 내리면
마르기 전에 따라갈게

우리가 물려받은 건 낡은 중국집과
부모의 이른 죽음
서른이 되기 전에 죽겠지
경찰 아저씨! 여기 와서 내 죽음 좀 잡아가요
안 그러면 나는 영화 속 여주인공처럼
당신의 집에 들어갈 거야
당신의 넥타이를 훔치고 천사에게 매 줄 거야
면도기를 훔쳐서 뽀얀 천사의 솜털을 깎을 거야
아주 조용히 숨을 숨기고
어느 날 당신이 냉장고에서 술을 꺼내 먹으면
나는 그걸 훔칠 거야
술김에 내뱉는 말들까지 훔쳐서 천사에게 먹일 거야
아플까요?

처음부터 언니였던 여자가 없듯

천사가 거룩하지 않았을 시절

내가 너를 미워했을 때

이 동네가 밉고

입어 본 적 없는 교복이 밉고

앞치마에 명찰을 달았을 때

노랗게 물든 거친 머릿결이 슬펐을 때

여기서는 어떤 이도 거룩하지 않기를

간절히 기도했을 때

내가 아주 커서 너의 앞주머니에 꽂힌 5만 원을 버리고

도망이 아니라 계주가 아니라 그냥 달릴 수 있는 사람이 되면

나라를 만들게 너의 눈물을 언어로 만들어 줄게

날아가, 더 멀리

미신

비야 내려라 엄마와 언니가 담벼락에 오줌을 누잖아
마을 여자들 모두 담벼락에 가잖아
우리 마을은 논이 마르면 여자들이 담벼락에
매미처럼
매달렸고
친구와 내기를 했지
10억이면 살아 있는 매미를 먹을 수 있냐는 말
10만 원만 줘도 먹을래
그래, 돈을 주는 사람, 없었지만
입 안에서 매미가 우는 것 같아
온종일 입 속이 간지러웠다
이가 자라고 있나
아니야
나는 아마 하고 싶은 말이 있는 것 같다

친구 너는
민소매를 입었고 노랗게 머리를 물들였어
구리지 않은 노래를 들었지만 구린 남자 친구를 사귀었고
동네 미용실에서 이가 누런 원장님을 도왔어

가끔, 누나들이 귀엽다고 용돈을 주는 날에는 아이스크림을
사 먹었다

바지 벗으면 10만 원 준다는 누나들에게

만 원만 줘도 벗었어

그래, 돈을 주는 사람, 있었지만

우리는 매미라서

바지가 아니라

마을과 동네와 골목과

밤마다 저미는 귓속말들을 벗는 거지

그게 내 허물이에요

신님. 유일신님. 담벼락의 오줌을 먹고 자라는 신님. 길가의
꽃도 굶기지 않는 신님. 나는 주린 배를 쓸고. 지린내 나는 여
름에서 제사 올립니다. 예언 불가 사춘기. 흔하지 않아요. 마법
에 걸린 것 같아요. 정의하는 대로 살게 돼요. 다정한 네가 좋다
는 말을 들으면 다정해지고, 그따위로 살 거면 꺼지라는 선생
님 앞에선 그따위로 살게 돼요. 불량의 전염성. 주둥이를 맞대
면 옮겨 가는 담뱃불처럼 쉽게 발화했습니다. 재가 되는 아이
들. 고요한 내 마을. 이제 기도 들으소서.

이곳이 너의 집 나의 집 언니의 집 엄마의 집
집과 집을 나누는 쿰쿰한 담벼락 사이로 자라는 건

이가 다 빠진 기도
매미에게는 매미라는 이름보다
파마 향이 나는 소년들이 어울리고
마을에는 마을보다
매미라는 이름이 더 잘 어울린다

매미는 우는 게 아닌 웃는 거라고 말하던 마을이 있다면
나는 그 마을의 사투리를 떠올리며
어색하게 매미 웃는 소리를 냈다 가래만 끓었다
찍찍이 롯드를 엮는 친구와 엄마와 언니와 여자들 모두 여기
에 있지만 파마 향을 내며 여기에서 태어났지만
나는 비가 어디서 태어났는지 모르고
이맘때쯤 태풍이 온다는 것만 알고

긴급재난문자

　왼쪽 거울이 깨진 오래된 자동차와 알맞게 달궈진 도로 반쯤
먹은 미지근한 맥주 앞장서는 너는 배기음 죽이는 오토바이 타
고 무단 횡단 중 얌마 운전 똑바로 안 할래 머리 까진 아저씨가
눈을 치켜들면 너는 갈매기 같은 아저씨의 눈썹 위로 비행 중
내가 아저씨보다 더 잘 날아요 왜냐면 나는 아저씨 같은 사람
들은 죽어도 못 보는 날개가 있으니까. 네 말에 나는 웃음을 꾹
참고 아빠의 눈치를 본다

　아빠는 열아홉. 머리에 피도 안 말랐지만, 입이 쩍쩍 마르는
가난을 안다. 갈증이 나서 애들을 때린다. 가끔 여자애들을 데
려온다. 그게 훈장인 줄 안다. 반지하 문을 열면 아빠가 법인 세
상이 펼쳐진다. 바깥은 전부 사람들이다. 우릴 보고 비웃거나
동정하거나 약한 소리를 낸다. 어떤 말도 알아듣지 않을 거야.
나는 동물이니까. 너처럼 날개가 있으니까.

　아빠가 없는 아이들이 모인 곳에서 걔넨 아빠가 되고 엄마가
되고 언니가 된다
　너는 그냥 너였다
　너는 우리 중 가장 먼저 아빠가 되고

엄마를 만나고
언니를 낳을 것 같았다
난 꼭 너를 축복할 거야

도로를 질주하면 땀방울이 떨어진다
그러다 비가 내린다
자주 그랬다
네가 이 장마에서 벗어나는 상상을 해
사람이 되는 상상
그럼 난 네 우산을 뺏고 싶다가도
하염없이 쏟아지던 비가 멈췄으면 좋겠고

그럴 땐 열이 끓는 기분이었다
날개가 있다고 했을 때 그랬어 아빠가 가슴에 담배 빵을 만
들었을 때보다 뜨거웠어

우리들의 날개가 마르게 해 주세요
멍들지 않을 갈증을 주세요
거품이 다 날아간 맥주처럼 이 하늘은 노랗고
나는 눈이 멀 것 같다
집에 갈 시간이야

깨진 거울, 조금씩 흔들리는 아빠의 엉터리 운전, 사고가 날까 봐 안전벨트를 꼭 잡았다가, 언제 죽어도 좋아서 손을 놓았던 날들

일로

일하지 않는 자, 먹지도 말라,라는 말이 있다. 아니 있었다. 일의 가치, 일하는 사람이 흘리는 땀의 숭고함이 당연하게 받아들여지던 때가 있었다. 나는 여전히 일의 가치를 높이 여기고 일하고 싶어 하는 사람이지만 내가 사는 세상은 그렇지 않다.

일하는 자에겐 과태료가 부과되고 경고 처분을 받게 된 이후에도 일을 계속하게 되면 형사 처분을 받게 된다. 내가 사는 세상은 그런 곳이다. 사람이라면 일을 해서는 안 된다. 모든 노동은 로봇이 감당한다. 로봇이 일을 하고 그 일로 인한 소득의 상당 부분은 정부가 가져간다. 그리고 그 세금을 제외한 나머지가 개개인에게 지급되는 식이었다. 물론 당연히 처음부터 강요된 건 아니었다.

처음에는 시범적이고 제한적으로 운영되었다. 처음엔 식당을 비롯한 서비스 분야에서, 그다음엔 일반 기업에, 그리고 나중에는 학교에 이르기까지 기능별로 특화된 로봇이 도입되었다. 노동계와 시민 단체에서 적지 않은 반발이 있었지만 여론은 정반대였다. 사람들은 더 이상 일을 하지 않아도 된다는 사실에 들떠 있었다. 인간의 노동을 과연 로봇이 대체할 수 있을까, 우려하는 시선도 있었지만 로봇 기술은 모두가 생각하는 것 이상으로 발전해 있었다. 분야와 직종을 막론하고 로봇의 일 처리 방식은 깔끔했다. 무엇보다 감정 소모가 없어서 노동 현장에서 발생하는 문제들이 사라지기 시작했다. 시범사업으로만 끝날 것 같던 로봇 정책은 본격적으로 시행되고 확대되었다.

나도 처음에는 일을 하지 않으면 더 좋을 줄 알았다. 그런데 아니었다. 그 깨달음은 아버지를 보면서 더욱 명확해졌다.

아버지는 알파 세대였다. 태어날 때부터 빠른 변화에 손쉽게 적응하며 살아온 아버지는 매사에 긍정적이었다. 가정을 일구고도 아버지의 자유로운 생활은 계속됐고 할아버지가 세상을 떠나자마자 땅을 팔아 사업을 시작했지만 하는 족족 말아먹었다. 그야말로 마이너스의 손이었다. 아버지가 손대면 연일 상종가를 치던 주식도 폭락했고 호황을 누리던 부차 산업들도 쇠락기를 맞이했다. 아버지의 지인들에게 아버지의 행보는 좋은 길라잡이가 되었다. 아버지가 하는 것만 피해 투자를 한 사람들은 대부분 큰 이익을 얻었다. 아버지만 그랬다.

아버지도 알고 있었다. 자유롭게 사는 것과 가정을 이루는 건 동시에 할 수 없다는 것을. 아버지는 시대를 잘못 태어난 게 아니라, 그냥 욕심이 많은 것이었다.

아버지는 할아버지가 남긴 모든 땅을 날려 먹고 지금은 할아버지의 유일한 유산이 돼 버린 집에서 구세대 지능형 로봇, '건곤'과 함께 지내고 있다. '건곤'은 아버지가 붙인 이름이었다. 그 이름은 아버지의 일생에 비해 너무 장렬한 이름이었다. 아버지가 방에 누워서 주로 하는 일은 건곤과 대화를 나누는 것이었다. 구세대 로봇이지만 건곤은 영리했고 위트와 융통성이 있었다. 일을 하고 싶다는 아버지의 말에는 가산을 다 팔아야 할지 모른다고 응답했다. 아버지는 건곤이 그랬다면서 정말 일을 하면 안 되는 거냐고 내게 묻고 또 물었다. 정말 안 된다는 말에 아버지는 조금 울먹거렸다. 이제 무엇을 해도 즐겁지 않다고 했다. 아버지는 인간의 노동이 금지된 이후에야 비로소 노동을 하고 싶어진 것이다.

로봇이 인간 생활을 보조해 주던 시기를 벗어나 노동을 비롯한 인간의 주요 행위를 도맡아 하게 된 생활 혁명기 3년 차. 1, 2년 차 시기에는 제도의 안정화를 위해 로봇을 무상으로 지원해 주고 노동하지 않는 삶에 익숙해질 수 있게 다양한 시범 사업을 펼쳤다. 노동을 하다 발각되면 계도 기간을 두고 권고 조치만 내렸다. 누가 굳이 몰래 일을 하다가 걸리고 범칙금을 내나? 처음에는 다 같은 생각이었다. 그러나 아무것도 하지 않으니 좀이 쑤신다는 사람들이 많아졌고, 그 말이 더 이상 엄살처럼 들리지 않았다.

"나는 단지 일을 하고 싶을 뿐이었다."

　짤막한 유서를 남기고 스스로 목숨을 끊은 50대 중년 남성의 이야기가 언론을 통해 보도되면서 인간의 노동 문제가 본격적으로 수면 위로 떠올랐다. 중년 남성이 목숨을 끊기 직전 직접 훼손한 것처럼 보이는 인간 친화형 로봇의 이미지가 논쟁을 더욱 부추겼다. 그 이미지 한 장 때문에 여론은 중년 남성을 비난하는 쪽으로 기울었다. 인간에게 노동할 수 있는 권리를 줘야 한다는 소수 의견들은 잘 보이지 않았고 그마저도 금세 삭제되었다. 한 진보 단체에서 노동권은 천권(天權)이라며 정부와 국내 굴지의 로봇 기업 '노보마인드'를 규탄하는 기자 회견을 열었으나 그들의 주장은 먹혀들지 않았다. 오히려 시대를 역행하는 원시적 사고라는 비난을 받았다. 그들의 기자 회견을 제대로 취재한 언론사도 거의 없었다. 한 친정부 언론사에서 "이제 와서 로봇을 없애자고? 폐기에만 수천 조 비용 발생"이라는 제목의 기사를 내보냈고 그것을 시작으로 똑같은 내용의 기사들이 포털사이트에 도배되었다. 그 후에도 비슷한 일들이 일어났지만 크게 보도되지도 않았고 보도되는 일이 있어도 큰 파장을 일으키지 못했다. 대다수의 사람들은 노동을 하지 않아도 되는 사회를 유토피아로 여겼다.

　나는 아니었다. 나는 일하고 싶었고 일을 통해 나의 존재를 나 스스로에게 증명해 보이고 싶었다. 생활 혁명기 1, 2년 차

시기에 일을 하다가 걸려 몇 번의 권고 조치를 받은 일이 있었다. 나는 이미 반정부 인사로 낙인찍혀 있는 몸이었다. 그러나 나는 이 사회와 싸우고 있다는 생각은 단 한 번도 해 본 적이 없었다. 나는 투사가 되고 싶은 게 아니라 그냥 노동자가 되고 싶을 뿐이었다.

처음에는 아무 생각 없이, 누구나 할 수 있는, 아니 누구나 할 수 있었던 배달 일을 했다. 보호구와 마스크를 벗지 않으면 외적으로 로봇과 구분이 쉽지 않았으나 배달지 고객의 신고로 적발당했다. 신고자에게는 소정의 신고 포상금이 있던 때였다. 두 번째도 고객의 신고에 의해 적발되었고 세 번째는 배달 중에 행정 센터의 긴급 단속 때 적발되었다. 나를 적발한 것도 사람이 아니라, 행정 로봇이었다.

"귀하는 지금까지 총 세 번, 노동 행위를 적발당했고, 이제 생활 혁명기 기간 내에 계도의 기회는 없습니다. 다음부터는 범칙금이 부과됩니다."

범칙금은 노동의 대가를 상회했다. 아무리 일을 하고 싶어도 막대한 범칙금을 감수하고 일을 할 수 없었다. 돈은 거의 바닥난 상태였다. 내게 있는 돈이라곤 나의 생활을 위해 '의무적으로 구입해야 하는' 로봇을 살 돈밖에 없었다. 1가구 1로봇은 곧 의무였고 시행이 코앞이었다.

아버지의 부고를 받았다. 아버지의 마지막을 지켜본 것은 건곤이었다. 건곤이 보낸 부고 메시지는 간단했다.

—귀하의 아버지께서 5월 6일 11시 01분에 자가 '전라남도 무안군 일로읍 일로2리'에서 세상을 떠났습니다. 사인은 급성 간경화로 인한 급성 패혈증. 장례 문제로 귀하와 통신을 원합니다. 만약 장례식장에 빈소를 차리길 원한다면…….

장례식장은 필요 없었다. 어차피 올 사람도 없었다. 나는 건곤에게 간단한 답을 보내고 곧장 일로로 향했다. 오랜만에 방문하는 고향이었다. 건곤에게 아버지의 마지막 영상을 건네받았지만 보지 않았다. 별다른 장례 절차 없이 화장을 해서 납골당에 안치하기까지 반나절밖에 걸리지 않았다. 그렇게 가는 것도 나쁘지 않다고 생각했다.

아버지가 살던 집을 처분하고 갑자기 목돈이 생겼다. 사망 보험금까지 합치니 꽤 큰 돈이 되었다. 건곤은 내가 데리고 왔다. 어차피 로봇이 있어야 했다.

건곤은 자꾸 내게 낚시를 가자고 했다. 건곤은 바뀐 환경을 인지해서 새로운 목표를 갱신해 나가는 로봇이 아니었다.

"그렇다면 뭘 해 볼까."

나도 모르게 중얼거린 말이었다.

"일을 해야지. 사람이라면."

건곤의 대답이었다. 역시 건곤에겐 요즘 사회의 규율이나 분위기가 업데이트되지 않은 것 같았다.

"일을 하고 싶어, 너처럼. 나도."

"일을 하는 겁니다, 사람은. 당신도 나처럼 일할 수 있습니다."

나는 건곤을 바라보았다. 얼굴 피부가 인조 가죽인 걸 눈치채지 못한다면 그냥 사람이라고 해도 믿을 것이다. 아마도 이전의 과거라면 말이다. 고전 SF 영화에 등장하는 로봇처럼 눈깜빡임도 어색하지 않고 관절의 움직임도 자연스러웠다. 아무리 구세대 로봇이라고 해도 인간을 모델로 꽤 정교하게 만들어진 로봇이었다. 그때 불쑥 그런 생각이 들었다. 로봇이 인간처럼 보인다면 인간도 로봇처럼 보일 수 있을 거라는.

카페를 하기로 했다. 자금은 충분했다. 나는 매물로 나온 카페를 몇 군데 둘러보았다. 모두 괜찮았지만 특히 마음을 끄는 데가 있었다. 일단 너무 바쁘면 안 되니까 유동 인구가 적어야 했고, 그렇다고 너무 장사가 안 되는 장소라면 그것도 곤란했다. 당장의 수익을 예측하는 게 어렵기 때문에 초기 보수 비용이 적게 들어가는 곳이어야 했다. 많이 붐비는 길목은 아닌 곳이지만, 그래도 맛집들이 있어서 손님들이 찾게 되는 카페, 전 주인의 애정이 잔뜩 묻어 있어서 당장의 보수는 필요 없는 그런 카페가 있었다. 나는 바로 계약했다. 어차피 건곤과 함께 있을 테니 사업장 실사가 나와도 문제없었다. 카페 주인이 카페에서 할 수 있는 건 아주 추상적인 업장 관리뿐이었다. 나는 그런 게 하고 싶은 게 아니었다. 평소에는 내가 일을 도맡아 하다가 실사가 나오면 건곤에게 모든 것을 맡겨 두고 아무것도 하지 않는 척하는 것, 그게 내가 세운 최상의 계획이었다.

나는 건곤을 보며 어떻게 하면 건곤보다 더 로봇처럼 보일까 연구했다. 일단 농도가 짙은 파운데이션을 두껍게 펴 바르면 인조 가죽 톤의 색감을 연출할 수 있었다. 가장 중요한 것은 약간은 기계적인 듯하면서도 부드러운 말투였다. 건곤에게 말을 계속 걸면서 건곤의 말투를 따라 해 보았다. 그렇게 며칠 동안 연습한 보람이 있었다. 나는 구세대 지능형 로봇 '일척'이 될 작정이었다.

카페를 새롭게 단장하고 오픈하기까지 많이 바빴지만 우리는 합이 잘 맞았다. 내가 사장으로서 나서야 하는 상황에서는 건곤은 점잖은 메이드가 되어 내 옆을 지켜 주었고, 내가 땀 흘리며 일을 해야 할 때는 적당한 곳에서 인간인 척 있어 주었다. 처음으로 의지가 되는 존재를 만난 기분이었다.

손님을 받기 시작하면서 일이 더 많아졌다. 나는 그야말로 눈코 뜰 새 없이 바빴다. 원두를 준비해야 했고 첫 원두를 내려 시음을 해 봐야 했고 런치 메뉴나 사이드 메뉴도 만들어야 했다. 인간이 일을 하지 않게 되면서 생각보다 더 많은 사람들이 카페에서 시간을 보냈다. 손님들이 왔다 가면 테이블을 치워야 했고 소독도 필수였다. 정말 바빴지만 나는 즐거웠다. 그 즐거움을 가능하게 해 준 아버지에게 진심으로 고마움을 느꼈다.

SNS에는 종종 우리 카페 이미지가 올라왔다.

#카페소일 #구세대지능형로봇일척 #인간같은로봇 #아날로그

나도 모르는 사이에 나의 카페는 아날로그 마니아들의 취향 저격 장소가 되어 있었다. 구시대적인 인테리어, 구시대적인 로봇, 그중 구시대적인 서비스라는 말이 많았다. 그저 재료가 남거나 기분이 좋을 때 쿠키를 서비스로 드리고 귀여운 강아지가 밖에 혼자 손님을 기다리고 있을 때 휘핑크림(퍼푸치노라 불린다)을 준 것이 다였다. 다행히 나를 찍은 사진은 올라오지 않았다. 내가 진짜 로봇이라면 내장된 센서가 작동하여 몰카를 예방할 수 있었지만 나는 당연히 그런 게 없었다. 로봇이어도 초상권이 있어서 함부로 사진을 찍으면 안 됐고 걸리면 그 벌금도 상당했다.

문제는 엉뚱한 데서 생겼다. 카페를 운영하는 것도 익숙해지고 적당한 '피로'가 쌓이고, 그 피로를 '보람'이라는 말로 감당할 수 있을 때쯤이었다. 가게를 정리하고 나서 카페 뒷문으로 나가는데 한 여자 단골손님과 마주쳤다. 나는 그때 마스크도 벗고 있었고 짙게 바른 파운데이션도 지워진 상태였다. 덕분에 여자는 날 알아보지 못했다. 하지만 대뜸 하는 말이 충격이었다.

"혹시 여기 카페 사장님이세요?"

"네?"

"아니, 카페 뒷문에서 나오시길래요."

"아, 그렇군요."

내 말투가 좀 이상했다. 원래 나의 말투와 건곤의 말투가 반씩 섞인 느낌이었다. 하지만 여자는 아랑곳하지 않고 말을 이었다.

"아니, 사장님한테 여쭤볼 게 있어서요."

"어떤……?"

나는 내가 사장이라는 걸 숨길 수 없었다. 숨기면 더 이상한 상황이 벌어질 것이었다. 여자는 쿡, 하고 웃었다.

"왜……."

잠깐 웃고 말 줄 알았는데 여자는 웃음을 멈추지 않았다. 나는 뭐가 우스운 건지 이해하지 못했다.

"아, 죄송해요. 정말 너무 웃겨서요."

한참 만에 웃음을 멈춘 여자는 눈가를 닦으며 말했다.

"아니, 어떻게 그런 생각을 할 수가 있죠?"

여자는 그러고 다시 웃기 시작했다. 그렇게 티가 많이 났던 건가.

"뭘 원하시죠? 신고하실 건가요?"

"신고요? 포상금을 노렸다면 벌써 신고했겠죠?"

"그럼 대체 무슨 일로……?"

"저도 일하게 해 주세요."

전혀 뜻밖의 이야기였다. 머릿속이 복잡해졌다. 일단 이 여자가 과연 로봇 행세를 잘할 수 있을지부터 여자와 함께 일을 함으로써 내가 얻게 될 이익까지 빠른 속도로 계산해 보았다. 결론은 나쁠 건 없다,였다. 물론 여자의 의도가 순수한 것이어야 했고, 여자가 잘해 줘야 했지만. (로봇 역할을 말하는 것이다.)

여자가 손을 내밀었다. 나는 아직 허락한 게 아닌데.

"우리 잘해 봐요."

나는 얼결에 여자의 손을 잡았다. 그때 깨달았다. 사람의 손을 잡아 본 게 정말 오래간만이라는 걸.

그녀를 어떻게 분장시켜야 하나 고민하던 찰나 그녀는 자신이 제과제빵 대학에 다닌다고 했다. 일본 베이커리 대학 1학년이고 방학을 맞아 내려온 것이라 했다. 그녀는 주방에 들어가 반죽을 만졌다.

"밀가루 반죽 만져 보는 거 오랜만이네요."

"네? 아까 제과제빵 배우신다고."

"아, 요즘 누가 직접 요리해요. 실기장에서도 디자인이랑 로봇 작동법을 배우죠."

그녀는 대학에서 밀가루보다 컴퓨터를 더 많이 만진다고, 자신이 파티시에인지 빵 디자인 선택잔지 모르겠다고 했다. 그녀는 살짝 굳은 밀가루 반죽 조각을 만지며 환히 웃었다.

제과제빵과지만 직접 빵을 만든 적이 없는 사람, 로봇이지만 명령 입력이 안 되는 건곤, 그리고 정상적인 나, 이렇게 세 명(?)의 카페 멤버가 구성되었다. 사람 한 명이 추가되었을 뿐인데 카페는 많은 변화가 이루어졌다. 그녀의 의견을 반영하여 디저트 메뉴도 늘렸고 역할 배분도 바꿨다. 나와 건곤은 번갈아 가며 홀 서빙과 제빵을 도왔고 그녀는 주방에서 빵을 만들었다. 디저트를 구매하는 손님이 많아질수록, 그래서 디저트 메뉴가 늘어날수록 신이 났다. 나는 매일 충전할 필요가 없는 완성형 배터리를 내장하고 있는 기분이었다. 거의 1주일에 한 번 꼴로 메뉴판을 바꿨고 카페 디자인도 바꿨다. 나와 그녀가 바쁜 만큼 건곤도 일이 많아졌다. 카페는 급작스럽게 매출이 늘었고 건곤도 과부하가 걸렸다. 여느 때처럼 건곤에게 메뉴를 추가 입력하는데 건곤의 뒤통수에서 김이 나고 있었다. 데이터 저장소가 폭발한 것이었다.

곧바로 출장 서비스를 불렀으나 수리가 어렵다고 했다. 건곤이 상용화된 모델이 아니었기 때문이었다. 건곤은 예전 생활형 로봇 2기의 샘플 로봇이라고 했다. 출장 기사는 새로운 모델을 구입하라고 권유했다. 어차피 건곤을 작동시킬 수 없으면 로봇을 따로 구매할 수밖에 없었다. 나는 카페용 로봇을 신청했다. 출장 기사가 곧바로 건곤의 폐기를 진행하자고 했으나 나는 잠시 미루고 싶었다.

이틀 뒤 카페용 로봇과 함께 계약서가 도착했다. 무상으로 로봇을 받는 대신 수익의 50퍼센트를 반환한다는 조건이었다. 상자 속 로봇은 눈, 코, 입이 없었지만 여섯 개의 팔과 작은 바퀴들로 움직여 안정적이었다. 너무 안정적이어서 불안한 생각이 들 정도였다. 곧바로 그녀와 다시 영업을 시작했다. 사흘의 휴업이 무색할 정도로 많은 사람들이 찾아왔다. 건곤은 설정은 없었지만 만들 수 있는 수량이 한 번에 하나, 서빙도 한 테이블로 나와 역할이 분담됐는데 새로운 모델은 달랐다. 내가 주문을 받아 메뉴를 준비하려고 하면 새로운 모델은 이미 메뉴를 완성하고 서빙을 나간 뒤였다. 주문이 여러 개 밀려와도 밀리지 않고 바로바로 만들었다.

"천천히 만들어."

"손님들의 편의를 우선시하여 최대한 빠르게."

내가 아무리 빨리 만들어도 로봇을 따라갈 수 없었다. 그렇다고 로봇의 전원을 함부로 끄거나 작동을 멈출 수 없었다. 로봇에게는 저마다 할당된 노동량이 있었다. 정해진 노동 시간을 채우지 못하면 곧바로 규제를 받게 될 것이었다. 로봇은 여자의 일까지 자신의 업무로 가져갔다. 여자보다 반죽 속도가 빨랐고 자연스레 여자의 일이 줄었다. 여자는 난색을 표했다. 곤란한 건 나도 마찬가지였다. 손님은 더 늘었지만 나와 여자의 일은 확연히 줄었다. 건곤은 통제가 가능했는데 새로운 로봇은 통제가 안 됐다. 건곤과 함께 일할 때는 그냥 성실하고 든든한 멤버와 함께 일하는 느낌이었는데, 새로운 모델과 함께 일한 뒤로는 일을 하고 있다는 느낌이 들지 않았다. 카페에 있는 시간이 지속될수록 나라는 노동의 주체는 자꾸 지워지는 느낌이 들었다. 그것은 여자도 마찬가지였다. 나는 잠시 카페를 비우기로 했다. 여자가 있었고 새로운 로봇이 있으니 운영에는 아무런 문제가 없을 것이다. 내가 없어도 아무런 문제가 생기지 않는 카페, 나에게는 그게 가장 큰 문제였다. 여자는 별말은 하지 않고 나를 배웅해 주었다. 나는 작동이 멈춰 버린 건곤과 함께 고향, 일로로 향했다.

일로(一老), 어릴 때 그 지명의 의미가 궁금해 아버지에게 물은 적이 있었다.

"글쎄다. 다만 한 가지로 늙을 수 있어서 일로가 아닐까."

아버지는 그렇게 말하고 소리 높여 웃었다. 잘 이해되지도 않는 말이었지만 그보다 별로 재미있지도 않은 이야기에 혼자서 웃음을 참지 못하는 아버지가 더 이해되지 않았다. 커 가면서 가끔 아버지가 그때 했던 말을 떠올릴 때가 있었는데 어쩐지 아버지 스스로 자신의 일생에 그런 의미를 붙이고 싶었던 건 아닐까, 그렇게 생각하곤 했다.

일로는 무섭도록 조용했다. 집은 이미 처분한 뒤였지만 창고로 썼던 작은 컨테이너는 아직 남아 있었다. 그곳에 남아 있는 아버지의 짐을 정리하고, 쉬고, 또 생각을 정리해 보기로 했다. 카페 걱정이 되었지만 지금 당장 뭘 어떻게 할 수 있는 게 아니

라서 그냥 제쳐 두기로 했다. 여행이라도 가고 싶었지만 그 정
도로 마음의 여유가 생기는 건 아니었다. 정부에서 한 달에 한
번씩 나오는 지원금으로 기본적인 생활은 할 수 있었지만 그것
이 마음의 여유로까지 이어지진 못했다.

창고 안에는 온갖 잡동사니들이 쌓여 있었다. 아버지는 아무
것도 버리지 않은 듯했다. 아무것도 버리지 않기 위해 따로 컨
테이너를 설치한 것처럼 보였다. 나는 하나씩하나씩 천천히 정
리하기 시작했다. 쓰레기봉투에 담을 수 있는 건 담고, 폐기 처
분을 해야 하는 물건들은 따로 분류했다. 그 와중에 로봇을 이
용해 창고를 정리하지 않았다고 신고를 당하면 어쩌나 하는 생
각이 들었다. 나도 모르게 웃음이 났다. 쓸고 닦고 정리하는 것
에 몰두하자 머릿속이 비워지는 느낌이었다. 하루를 넘길 줄
알았는데 하다 보니 그날 다 마무리할 수 있을 것 같았다. 정리
가 거의 마무리될 때쯤 익숙한 그림이 그려진 커다란 상자를
발견했다. 건곤이 담겨 있던 상자였다. testtie-218, 건곤의 모
델명이었다. 혹시 고칠 수도 있겠다는 생각이 들었다. 상자 안
을 들여다봤다. 칩이 들어 있었다. 이제는 어디서도 살 수 없는,
건곤에게만 쓸 수 있는 호환 칩이었다. 혹시나 하는 생각이 들
어 건곤의 몸체에 넣어 보았다. 건곤은 움직이지 않았다. 대신
디스플레이가 작동되었다. 메모리칩인 것 같았다. 순간 건곤에
게 건네받았던 아버지의 마지막 영상을 보지 않았다는 게 떠올
랐다. 버튼을 눌러 보았다. 곧 익숙한 목소리가 들려왔다. 화질

이 뭉개져 잘 보이진 않았지만 아버지였다.

"노동을 하고 싶어, 일하면서 계속 깨닫고 싶어."

노동에 대한 아버지의 욕망을 알고 있었지만 아버지의 목소리로 직접 들으니 느낌이 남달랐다. 일하면서 계속 깨닫고 싶다는 말은 인상적이기까지 했다. 아버지가 한 말처럼 느껴지지 않았다. 땀이 난다는 것, 다리가 아프거나 어깨가 쑤신다는 것, 몸살이 난다는 것, 일을 함으로써 얻게 되는 몸의 변화가 있고, 그 변화들을 거치며 '그럼에도 불구하고 내일 다시 일을 할 수 있어 좋다'고 안심하거나 그런 변화들이 꼭 통증이나 병으로만 도지는 게 아니라 간절하게 살고 싶은 생의 기운으로 드러난다는 것을 몸으로 직접 깨닫고 싶다는 뜻이 아니었을까. 멈춰진 화면 속 아버지의 눈이 밝게 빛나고 있었다. 과거의 빛이지만 나의 미래를 향한 빛이었다. 꺼 두었던 핸드폰을 켰다. 여자에게서 메시지가 와 있었다.

'우리처럼 일하고 싶어 하는 사람들이 어떻게 알고 찾아왔더라고요. 어쩌면 계속 일할 수 있을 것 같아요.'

그리고 대화방 초대 메시지도 와 있었다. 열여섯 명이나 모여 있는 곳이었다. 창고 문을 열었다. 순식간에 빛이 쏟아져 들어왔다. 창고 안의 등과는 비교할 수 없는 밝기였다. 그래, 여긴 일로야, 일로. 나는 낮게 소리쳤다. 다만 한 가지로 늙을 수 있는 걸 선택한다면 그것은 바로 '일' 그 자체였다.

용기가 바꾼 노동 환경

TV에서 본 전태일은 야구 선수처럼 보였다. 리그 1위를 달리고 있는 팀에서 활약하는 외야수. 마르고 탄탄한 몸에 입고 있는 운동복이 꼭 야구복 같았다. 방금 경기에서 아웃 카운트를 잡지 못해 상대 팀의 역전을 허용한, 마지막 9회 초 담장 앞에 떨어지는 공을 잡아 비로소 웃게 된 야구 선수 같았다. 짧은 머리에 뭔가 경직되어 보이는 표정, 얼굴에 맺힌 땀방울, 야구공을 쥔 것 같은 손 모양이 더욱 그렇게 느끼게 했다. "대한민국 노동운동의 역사는 전태일의 등장 이전과 이후로 나뉜다."라는 역사 프로그램 진행자의 말에 귀를 쫑긋 세우게 된 것은 그래서였다. 야구 선수의 외모를 가진 노동자. 노동에 대해 큰 관심이 없던 내가 전태일을 눈여겨보게 된 순간이었다.

전태일에 대한 오해들은 많았다. '전태일의 분신은 강요당한 것이다.', '배후에 누군가가 있었다.' 등. 그 오해가 진실인지 아닌지조차 몰랐던 나는 도서관에서 『전태일평전』을 찾아 읽은 이후에야 비로소 그에 대해 조금이나마 알 수 있었다. 『전태일평전』은 나에게 문밖의 세상을 보는 법을 알려 주었다.

이런 현실이 있습니다. 한 아버지가 30명의 자녀를 가지고 있습니다. 그 집에서는 의복을 만들어 팔아서 생계를 이어 가는데 몇 년이 지나는 동안에 장사가 점점 잘 되어 부자가 되었습니다. 그런데 아버지 되는 사람은 자녀들을 예전과 같이 일을 시킵니다. 그리고 아버지 되는 사람은 호의호식하면서 자녀 되는 사람들을 혹사합니다. 아버지는 한 끼 점심값으로 2백 원을 쓰면서 자녀들은 하루 세 끼 밥값이 50원, 이건 인간으로 행할 수 없는 행위입니다.

전태일은 용감한 사람이었다. 전쟁 이후, 나라 경제가 휘청이고 모두가 먹고살기 바빴던 그 시대에 자신의 신념을 굽히지 않고 세상에 표현할 수 있던 사람이 몇이나 되었을까? 전태일 혼자였을지도 모른다. 누구 하나 쉽게 나설 수 없는 그 시대 상황에서 전태일이 당당하게 나서서 자신의 의견을 말한다는 점이 나는 가장 기억에 남았다. 당시에는 전태일을 향한 시선이 더 날카로웠을 것이다. 열악한 노동 환경 속에서 자신이 무엇을 할 수 있는지 찾는 것이 어려웠을 것이다. 그럼에도 불구하고 전태일은 행동하는 사람이었다. 어린 노동자의 말 한마디로 사회에서 쉽게 매장당할 수 있던 시절에 자신의 목소리를 낸 용감한 사람이었다.

TV로 전태일의 일대기를 보고 나서 나는 다시 한번 노동 환경에 대해 생각해 보게 되었다. '어떻게 해야 지금 노동 환경이 더 나아질까?'에 대한 고민을 종종 한다. 전태일이 노동운동을 해 준 덕분에 이후의 노동자들은 좀 더 체계적으로 일할 수 있었다. 하지만, 아직도 노동 현장에서는 노동자의 비극이 자주 일어난다. 쉬지도 자지도 못하면서 계속해서 구두닦이를 하던 전태일에 비해 지금의 환경은 더 나아졌지만, 여전히 노동 현장은 안전하지 않다는 생각이 든다. 네 시간 일하고 삼십 분 쉬는 현실 속에서 밥을 시간 내에 먹기 위해 꾸역꾸역 입 안에 욱여넣고 체하는 공장 노동자들을 TV에서 본 적이 있다. 과거와 현재가 뭐가 달라졌나,라는 질문에 나는 쉽사리 대답할 수 없다. 전태일의 노력으로 노동자들의 개인 시간이 조금 보장되었을 뿐이다. 2023년 현재, 전태일처럼 나서서 노동자들의 이야기를 대신해 줄 사람이 있을까? 질문의 답을 찾기 어려웠다. '나 하나 나선다고 뭐가 달라지겠어.', '괜히 나섰다가 찍힐지도 몰라.'라는 생각이 먼저 들지 않을까. 전태일의 용기가 대단하다는 생각이 드는 것은 그래서이다.

책을 한 장 한 장 넘기면서, 전태일의 용기를 알게 되면서 한편으로는 마음이 아팠다. 어리고 가난했던 소년이 짊어져야 하는 무게가 너무 무거워 보여서, 자신의 뜻대로 할 수 없는 현실이 슬퍼서, 우리 할머니의 모습이 겹쳐 보여서.

할머니는 어머니를 일찍 여의고 집안의 장녀로 동생들을 밤낮으로 돌보았다. 동생들이 학교에 갔을 때는 오빠를 따라 옷을 생산하는 의류 공장에서 일을 해야만 했다. 오빠가 버는 돈으로 7남매의 생계를 다 책임질 수 없었기 때문이다. 그때 할머니의 나이가 전태일과 동갑인 열두 살, 초등학교를 다닐 시기였다. 학교에서 친구들과 어울려야 하는 시간에 가족들을 위해 희생해야만 했다. 초등학생이 가족을 위해 자신의 희망과 꿈을 버리고 생계를 선택했다. 그 이야기를 들으며 내가 저 상황이었다면 과연 똑같이 할 수 있었을까 생각해 봤다. 나는 쉽게 네, 라고 답할 수 없다. 나라가 경제적으로 회복되던 시기인 1960년대에서 1970년대에는 자신보다 가족이 먼저였을지도 모른다. 하지만 고작 열두 살밖에 되지 않은 어린 전태일이 길거리에 나가 사람들의 시선을 받으며 헤쳐 나가야 했던 그 현실은 역시 안타깝게 느껴진다. 할머니는 초등학교 졸업을 하지 못했다. 낮에는 오빠를 따라 공장에서 일하고 밤에는 돌을 막 넘길 무렵인 막내를 돌보느라 자신의 꿈을 뒤늦게 이뤘다. 예순다섯 살에 다시 초등학교 공부를 시작해 낮이건 밤이건 책을 끼고 사셨다. 밤샘 공부 결과 할머니는 예순여섯 살의 늦은 나이에 초등학교, 중학교 검정고시를 봐 제대로 한글을 쓸 수 있게 되었다. 할머니의 이런 모습을 보면서 쉽지 않은 현실에 맞서 새로운 돌파구를 찾아 나갔던 전태일이 생각났다.

당시 그는 미싱사로서 월 7천 원 정도의 수입을 올리고 있었는데, 이것이 그의 가족들의 생계에 큰 보탬이 되었다. 그런 판에 만약 태일이 재단 보조공으로 자리를 옮기게 되면 월 3천 원 정도로 수입이 떨어지게 되는데, 이것은 집안 생계에 큰 위협이 될 형편이었다. 그는 그것을 무릅쓰고 재단 보조가 되기로 결심한 것이었다.

위의 인용 내용과 같이 전태일의 가정 환경은 어려웠다. 전
태일의 노동으로 버는 돈이 없었더라면 전태일 가정은 완전히
무너졌을지도 모른다. 가족들을 위해 돈을 빌어야 하는 상황에
서 수입이 줄어드는 것에도 불구하고 자신의 신념을 지켜 나간
전태일의 용기를 볼 수 있는 부분이다.

요즘 아이들은 전태일을 잘 모른다. 노동자에 관심이 있거
나 직접 찾아보지 않는 이상 전태일의 업적을 모르는 경우가
많다. 그 친구들이 『전태일평전』을 읽고 나서 어떤 생각을 할
지 많이 궁금하다. 전태일이 자신의 귀중한 목숨까지 바쳐 가
며 노동자의 현실을 세상에 드러냈기에 지금의 노동 환경이 조
금이나마 나아질 수 있었다. 많은 사람들이 전태일 열사의 일
대기를 담은 『전태일평전』을 읽고 과거 노동 환경과 현재 노동
환경의 변화에 대해, 또 한 사람의 용기가 가진 힘에 대해 생각
해 보는 시간을 가졌으면 좋겠다.

굽이친 아지트와 까만 알사탕

달동네와 푸른색 대문은 언니와 나의 아지트였다

한해살이풀처럼, 허연 침 자국을 달고도
우리는 마주 보며 웃었다

언니는 녹슨 슬레이트 지붕 아래서
비누 냄새를 달고 다녔다

가파른 옹벽 옆에 서 있을 때면
언니의 옷깃이 자꾸만 낡아 보였다
나는 태엽처럼 몸을 웅크린 채
곰팡이가 돋아나는 속도로 자라났지

우린 차갑게 식어 버린 건더기로도
충분히 따뜻해질 수 있었지만,
언니는 가스 밸브를 잠갔지

쓰지 않는 세면대에 물이 둥그렇게 고였다

그건 높게 돋아난 계단에서
가난이 흘러내리는 소리

나는 혼자서도 신발 끈을 잘 묶는 아이
언니의 눈꺼풀이 까맣게 말라 갈 때
벌어진 밑창에 손가락을 넣어 보곤 했다

공병 몇 개가 쌓여 있는
달동네의 어느 길섶
발을 디디면 그림자 속으로 스며드는 슬픔도 있었다

나는 절름발이 개가 된 기분으로
언니의 수그린 허리를 훑어보았다

굽이치는 것들은 왜 우리를 슬프게 할까
가파른 곳에서는 무릎조차 펼 수 없었다

공병만큼 비좁은 울음이
깨진 유리병처럼 길가에 흩어지던 날

비스듬히 무너진 달빛 아래
둘만의 숨바꼭질에선
우리는 손쉽게 지쳤다

나는 언니의 옆구리에 이마를 대었다
볼록하게 솟은 볼이 울렁거리고
나는 가끔 하루살이처럼 매달리고 싶었다

염료의 발걸음

염료 공장 어귀의 웅덩이들 속에 아버지가 여럿 서 있다

나는 낡은 담벼락에 난 이끼처럼
공장 골목을 지키는 중

전봇대만큼 자란 외로움이 약품 냄새를 가려 줄 때
나는 아버지 공장의 염료 통처럼 슬퍼졌다

아버지는 노랗고 뻣뻣한 고무장갑에 손을 넣으면서
서툰 적 없는 매듭법으로 앞치마를 동여맬 것이다

아버지의 몸에서는 더운 김이 올라오고
널어놓은 직물들이 흔들리겠지

나는 골목처럼 비탈져 갔고
아버지의 바지 자락에선 모든 계절을 훑을 수 있었다

공장 입구에 세워진 선풍기는
얼마나 많은 허기와 열기를 날려 보냈는지

오래된 벽돌 담장에 박혀 있는 껌처럼
아버지는 공장 귀퉁이엔 슬프지 않은 것들이 없다고 하셨다
나는 아버지의 주름 속
깊게 물든 마음을 발견했다

이른 아침마다 나의 머리를 묶어 주던 손길,
한껏 끌어 올려 아래로 쏟아지던 머리카락에는
아버지가 손에 묻혀 온 어느 기름 냄새가 발려 있다

잔업이 끝날 무렵까지
나는 조용히 아버지의 목소리를 곱씹었다

나는 아버지의 고단한 하품을 흉내 내다가
떨어진 밑창 소리가 들려오면 고개를 저었지

염료 냄새가 묻어나던 아버지의 발걸음이
멀리서부터 나를 향해 품을 내어 주고 있었다

빨래는 동그랗게 젖은 슬픔의 모양

낡은 옥탑이 기울어진 도시의 어귀마다 솟아 있다

비좁게 솟아오른 한 칸짜리 방에서
나와 언니는 때때로 말라 가는 사람들

언니는 머리맡에 일자로 놓인 곰팡이를 바라보며
얕은 밤잠을 아프게 이어 가곤 했다

어떤 오후는 웅크린 채,
우리와 옥탑에게 따가운 더위를 안겨 주곤 했지

언니의 이마에 새겨진 땀 냄새를 닦아 주며
우리의 슬픔도 볕에 말릴 수 있을까,
나는 문밖으로 고개를 내밀곤 달궈진 공기를 삼켜 보았다

낡은 세탁기에 거뭇한 옷들을 집어넣으면서
내 어깨가 많이 불어났다는 생각

나는 아슬하게 매달린 빨래집게로도

슬픔을 잘 꼬집을 수 있었다

둥그런 자국이 근심처럼,
속옷 위를 짓누를 때마다
나는 옷가지를 빨랫줄에 널어 두었다

하나의 방은 쪼개지지 않고,
언니의 눈물도 나는 나누어 가질 수 있었지

장판 위로 말라붙은 모기 유충을 긁어내면서
나는 손톱 아래에 끊임없이 가난을 밀어 넣었다

시꺼멓게 물든 손톱을 씹다 보면
언니는 헐거운 창틀을 애써 잠글 뿐이었다

불투명한 유리창 너머로 낡은 속옷이 펄럭이고 있다
우리는 날카로운 계절의 가장자리에서
너무 쉽게 말라 가고 있었다

굴샨

굴샨, 어서 난치에서 물 빼. 곧 비가 온다고 했어. 내 말에 굴샨은 서둘러 난치로 향했다. 아침부터 흐릿했던 하늘은 점점 어두워지고 있었다. 땀에 젖은 머리카락에 바닷바람이 와 닿았다. 일기 예보에 없던 강우였다. 굴샨도 나도 하던 일을 멈추고 이곳으로 달려왔다. 난치의 물에 빗물이 조금이라도 섞이면 안 된다. 서서히 증발하여 염도가 높아지고 있는 난치의 물에 빗물이 더해지면, 불순한 성분이 섞일 뿐만 아니라 염도가 다시 낮아진다. 굴샨은 바닷물을 잠시 보관해 두는 창고 쪽으로 물길을 돌렸다. 까무잡잡한 굴샨의 얼굴은 먹구름 밑에서 더 어두워 보였다. 나는 창고로 물이 잘 들어오는지 살폈다. 이대로면 금세 창고에 물이 찰 것 같았다. 흘러오는 물에서 희미한 짠내가 났다.

물을 전부 옮기자, 폭우가 쏟아지기 시작했다. 나는 창고 지붕 밑에서 오도 가도 못한 채 굴샨을 바라보았다. 발등 위로 굵은 빗방울이 흘러내렸다. 차가운 감촉에 나도 모르게 뒤로 물러났다. 굴샨은 아직도 난치 근처에 서 있었다. 굴샨이 쓴 밀짚모자 사이로 빗물이 지나갔다. 그러고 보니 굴샨은 빗물을 좋아했다. 이 빗물이 인도의 갠지스강에서 증발하여 여기까지 도달한 것이라고, 굴샨은 굳게 믿었다.

너, 그러다가 병 걸린다니까. 눈을 감고 폭우를 가늠하는 굴샨을 향해 소리쳤다. 누렇다 못해 갈색빛을 띠는 갠지스강처럼, 굴샨의 몸을 타고 흐르는 빗물도 깨끗하지만은 않다. 뉴스에서는 어쩌면 한 방울의 빗물이 사람에게 치명적인 유전병을 일으킬지 모른다고 얘기하고 있다. 내 말이 들리지도 않는 건지, 아니면 모른 척하고 싶은 건지 굴샨은 대답이 없었다. 염부장이 검은 장우산을 들고 저 너머에서 걸어오고 있었다. 저수지 안으로 들어찼다가 금세 빠져나가는 빗물을, 염 부장은 꼼꼼히 훑어보고 있다. 분명히 굴샨을 책잡을 명분을 찾아내려는 것이다.

"굴샨! 빨리 이쪽으로 와!"

굴샨이 뒤돌아 나를 바라보았다. 굴샨의 검은 눈이 나를 정면으로 응시하고 있다. 그 눈 아래에는 빗물이 고여 있다. 빗물이 굴샨의 눈에서 뺨까지 흘러내린다. 나는 가만히 서 있는 굴샨을 보다가, 더욱 뒤로 물러났다. 어디선가 화난 듯한 염 부장의 목소리가 들렸다. 염 부장은 굴샨이 또 실수를 저질렀다며 고래고래 소리를 질러 댔다. 굴샨은 아직도 갠지스의 빗물을 온몸으로 받아 내고 있었다.

염 부장이 굴샨의 어깨를 힘껏 잡아당겼다. 거리가 멀기에 무슨 말을 하는지 잘 들리지 않지만, 아마 구멍에 관해 말하는 것 같았다. 물길을 돌리던 틈을 타, 게가 저수지에 구멍을 뚫어 놓았는데 그것을 눈치채지 못했다는 것이다. 바닷게가 뚫은 미세한 구멍을 찾는 게 그렇게 쉬울 리가 없었다. 물론 염전의 특성상 그런 요소 하나하나가 소금의 질에 영향을 주지만, 큰 영향은 아니었다. 굴샨과 염 부장의 얼굴이 빗물 사이로 흐리게 보였다.

염 부장의 우산에서 흐른 빗물이 굴샨에게로 떨어졌다. 소나기가 서서히 잦아들었다. 염 부장이 자리를 뜨자, 빗줄기는 완전히 기세를 잃어버렸다. 굴샨의 밀짚모자에 매달려 있던 빗방울이 하나둘씩 떨어졌다. 염 부장은 내 쪽으로 다가오며 반갑게 인사했다. 비가 이렇게 쏟아지는데 우산두 없구 어떡하나, 좀 빌려주랴? 나는 어색하게 웃으며 고개 숙였다. 괜찮아요. 이제 좀 그친 것 같아요. 내 눈은 아직도 굴샨을 주시하고 있었다.

굴샨이 염전에 남아 있던 소금을 한 줌 집어 들었다. 수분이 날아가지 않은 반쪽짜리 소금 결정이 굴샨의 손바닥 안에서 녹아들었다. 그토록 순수한 소금 결정은 곧 있으면 다시는 볼 수 없게 될 것이다. 어쩌면 소금 한 알갱이가 값비싸게 팔릴 수도 있다. 굴샨이 빗물이 스며든 소금을 입에 털어 넣었다. 거친 소금 알갱이가 굴샨의 입 안에서 우두둑 소리를 내며 부서졌다.

*

"부분 점수조차 줄 수 없는 답안이라니……. 내 이럴 줄 알았지. 이번 달도 염전이야."

친구는 PC방에서 컵라면을 불어 먹으며 불만을 토해 냈다. 나와 사회복지학과를 함께 다니는 동기였다. 친구의 모니터를 보니, 'C-'의 점수가 찍혀 있었다. 못해도 B는 받던 애인데 이렇게까지 떨어지다니. 제때 휴학을 신청한 게 다행이라는 생각이 들었다.

내가 섬으로 가게 된 것은 또 다른 염전 때문이었다. 이번에 새로 부임한 교수는 유난히 점수를 짜게 주었다. 대학 SNS에는 교수가 학생들에게 간을 치는 것으로 모자라 거대한 염전을 일구고 있다는 말이 돌았다. 정말로 그 말이 맞았다. 그렇지 않아도 학자금 대출을 신청한 탓에 학기 중에도 아르바이트를 병행하고 있어서, 공부에 많은 시간을 쏟지 못하는 처지였다. 그 와중에 시험까지 난해해지자, 평균은 유지하던 학점이 순식간에 재수강이 필요할 정도까지 곤두박질쳤다. 순탄하게 졸업하고 사회생활을 시작하려던 나의 계획이 한순간에 무너졌다. 밀린 학자금 대출부터 어떻게든 해결해야 했다. 그러다가 아버지의 친척이 염전 아르바이트를 구하고 있다는 소식을 들었다. 염전 넘어 염전이라니. 끔찍한 소리였지만 그만큼 매력적인 제안도 없었다.

"넌 이제 섬으로 내려가지?"

고개를 끄덕이자, 친구가 부럽다며 한숨을 내쉬었다. 어떻게 보면 몇 달간 휴양을 갔다 오는 것이나 마찬가지 아니냐고 했다. 어디까지나 명목은 아르바이트니 휴양은 모르겠지만, 확실히 기분 전환은 될 것 같았다.

"걱정이 산더미네. 그쪽에 긴급 속보 터지면 바로 올라와라. 회 같은 것도 먹지 말고."

친구의 걱정에 고맙다고 대답하면서도 사실 잘 이해가 되지 않았다. 아무리 바다를 조심한다 한들, 바닷물은 증발하여 구름이 되고, 구름은 비가 되어 땅을 적시는데…… 그렇게 생각하면 바다에서 일할 나나 서울에서 공부할 친구나 똑같은 처지 아닌가. 모두 어디선가 증발하여 이곳까지 도달한 빗물을 맞고 사니까. 나는 집에 돌아와 여행 짐을 쌌다. 단우산과 장우산 중 무엇을 가져갈까 고민하다가, 둘 다 챙겼다.

이곳의 바닷바람은 교수님의 점수만큼이나 짰다. 나는 바람을 맛보려는 것처럼 잠시 입을 벌리고 서 있었다. 아버지의 친척이라는 남자는 그런 내 모습에 허허롭게 웃었다. 벌써 바다를 즐기는 것을 보니 일을 참 잘할 것 같다며, 등을 마구 두드렸다. 남자의 뒤로 하나같이 파란색 페인트를 칠한 집의 지붕들이 보였다. 바다 가까이에 있는 마을이어서 그런 걸까. 어디가 어느 집인지 헷갈릴 것 같긴 해도 무척 보기 좋았다. 염전을 도맡은 사람이니 염 부장이라고 부르면 돼. 다들 나를 그렇게 불러. 염 부장은 자세하게 기술된 고용 계약서를 들고 왔다. 눈치 보지 말고 세부 사항을 확인하라는 말에 한숨이 먼저 새어 나왔다. 먼 타지까지 와서 아르바이트를 한다는 생각에 걱정이 되기도 했는데, 염 부장 같은 사람이라면 믿을 수 있을 것 같았다.

염 부장이 준 작업복을 입고서 처음으로 염전에 들어갔을 때, 나는 굴샨을 보았다. 굴샨은 밀대로 소금을 힘껏 밀어내고 있었다. 굴샨의 손길에 소금이 밀려 나와 산을 이루었다. 흰 물결이 굴샨의 발등을 적셨다. 푹 팬 눈가 위로 땀이 방울져 흘러내렸다. 염 부장은 굴샨을 보자마자 목소리를 높였다.

"더 빨리 옮겨! 빗물 맞아서 소금 다 싱거워지겠네. 지금 소금값이 네 몸값보다 비싼 건 알아? 큰일 터지기 전에 빨리 갖다 팔어야 한단 말여!"

다른 인부들은 염 부장의 말을 듣자마자 힘차게 밀대를 끌기 시작했지만, 굴샨은 달랐다. 굴샨은 목에 두른 수건으로 태평하게 땀을 닦아 냈다. 무슨 말인지 모르는 것 같기도 했다. 염 부장은 그런 굴샨의 모습에 열이 올라 가슴을 세게 두드렸다. 내 못 산다, 못 살어. 그깟 돈 쪼매 안 줬다꼬 날 이리도 무시하믄 되니⋯⋯. 굴샨이 염 부장을 흘겨보더니, 한 손으로 밀대를 꼬나쥐었다. 굴샨이 소금밭을 한 번 밀면, 남들이 하는 것보다 많은 소금이 밀려 나왔다. 마치 이 바다에서 나고 자란 사람 같았다.

그날 나는 보이 스카우트 캠프라도 온 것처럼 염전을 둘러보고, 소금을 밀어 보았다. 내가 보았던 밀대를 이곳에서는 대파라고 한다는 사실도 알게 되었다. 염 부장이 대파 밀어, 하고 소리치면 다 같이 손바닥에 멍이 들 정도로 소금을 밀었다. 체험 학습에 가까웠던 일정을 마친 후에 염 부장은 나를 숙소로 안내했다. 염전과 가까운 곳에 설치된 간이 컨테이너 구역이었다. 단순한 창고인 줄로만 알았는데 지금 보니 염전 노동자들의 숙소였다. 이불 하나뿐인 바닥에 눕자, 컨테이너 한쪽에 달린 창살 너머로 인기척이 느껴졌다. 거뭇거뭇한 피부와 큰 키. 저건 분명 굴샨이었다. 굴샨이 내 옆 컨테이너에 사는 모양이었다.

굴샨은 보일 듯 말 듯 내리는 빗물을 맞고 있었다. 나는 우산 하나를 들고 밖으로 나갔다. 최근 내리는 빗물은 예전과 다르게 유해 성분을 포함하고 있다는 얘기가 떠올라서였다. 이제는 우산이 없는 사람에게 우산을 씌워 주는 것이 일종의 예의가 되어 가고 있었다. 굴샨에게 가까이 다가가, 검은 우산을 씌워 주었다. 굴샨의 얼굴에 어둡게 그늘이 졌다. 눈을 감고 있던 굴샨이 서서히 눈을 떴다. 굴샨의 시선이 곧 우산을 들고 있는 나를 향했다. 그게 어쩐지 나를 의심하는 것만 같아서, 나는 변명하듯 입을 열었다.

"요즘 빗물은 위험하대요."

굴샨이 말없이 나를 쳐다보다가 허리를 숙여 우산을 벗어났다. 폭 젖은 머리카락이 다시 물기를 머금었다. 완곡한 거절이었다. 빗물을 맞고 싶다는 사람에게 계속해서 우산을 들이밀 수 없어서 내 컨테이너로 돌아왔다. 창문 너머에는 아직도 굴샨이 있었다. 모두가 집 안에서 몸을 누이고 있을 때, 굴샨만은 빗물을 맞고 있었다.

그 이후 염 부장은 내게 굴샨에 대해서 말해 주었다. 그놈은 어디서 주워 온 놈이라고, 화물선으로 몰래 들어와서 국가는 쟤가 여기 있는지도 모를 거라고. 염 부장의 눈이 호선을 그렸다. 몇 개월 전, 염전과 연결된 인력사무소에서 굴샨을 이쪽으로 보냈다. 숙소와 끼니를 모두 제공하는 데다 급여도 나쁘지 않다며 굴샨을 꼬드긴 것이다. 인도에 있을 가족을 위해 이곳까지 온 굴샨에게는 선택의 여지가 없었다. 다만 그곳에 있을 갠지스를, 마음 깊이 그리며 일할 뿐이었다. 그러니까 굴샨에게 빗물은 갠지스강 그 자체였다. 혹시 갠지스의 강물이 증발하여 이곳에 떨어질지 모른다는 가능성만으로도 족했다.

비가 그친 후, 창고에 있던 소금물을 누테로 옮겼다. 난치가 바닷물을 증발시키는 첫 번째 장소라면, 누테는 두 번째 장소였다. 아까 염도 측정계를 찔러 보았더니 수치가 6에서 7도 정도를 웃돌아서 꼭 옮겨야 했다. 누테에서 잘 가꿔진 바닷물이 결정지로 가게 되면 곧 소금꽃이 피어나는 것도 볼 수 있을 것이다. 나는 그 순수한 결정을 몇 번 맛본 적 있었다. 염 부장은 맨손으로 결정을 수확해 내게 조금 주었다. 일종의 신고식 같은 거라고 했다. 그때 먹었던 소금 결정은 혀가 아릴 정도로 짜고 단단했다. 이후 아무리 시간이 지나도 짠맛이 가시지 않아서, 굴샨이 처음 이곳에 왔을 때도 신고식을 치렀냐고 물어보았다. 혀가 물러지고 붉어지는 것 같아서였다. 굴샨은 고개를 저었다. 신고식, 치른 적 없어. 꽃 먹어 본 적 없어.

누테에 물이 제대로 흘러 들어오고 있었다. 바닷물 특유의 짠 내와 비린내가 콧속에 달라붙었다. 이토록 바다의 냄새가 나는데도, 얇은 물길로 흐르고 있으니 어쩐지 강물처럼 보였다. 폭우가 내려 빠른 속력으로 내려가고 있는 강물. 굴샨이 중간 점검을 위해 내 쪽으로 다가왔다. 검지와 엄지를 붙여 둥글게 말아 보여 주자, 그제야 고개를 끄덕였다. 나는 가라앉은 굴샨의 눈을 똑바로 바라본 채 물었다.

"갠지스강은 어떤 곳이야?"

굴샨이 대파를 든 채 제자리에 멈췄다.

"우리 집 있는 곳. 별로 좋은 곳 아냐."

좋은 곳이 아니라 하기에는, 굴샨의 모든 행동을 거슬러 올라가면 늘 갠지스강이 있었다. 여기까지 와서 돈을 버는 것도, 빗물을 맞는 것도, 열심히 일하는 것도 사실상 그곳 때문이었다. 그곳으로 돌아가기 위해서. 나는 잠자코 이어질 말을 기다렸다. 굴샨의 입술이 무언가 말하려는 듯 달싹이고 있었다.

"나 깨끗하게 해 주는 곳. 고무크."

굴샨은 고무크,라는 단어를 몇 번이고 입 밖에 내었다. 들어 보니 갠지스강의 상류를 고무크라고 부른다고 했다. 도시를 가로지르는 하류와 다르게 고무크는 험한 산지에 자리해 있지만, 하류보다 훨씬 깨끗하다. 고무크 근처의 마을이 바로 굴샨의 고향이었다. 그곳에는 우기가 오면 모두 강 쪽으로 모여 빗물과 강물을 온몸에 흠뻑 적시는 문화가 있다고 했다. 그들은 주문을 외우며 한자리에서 몇 번이고 뛰었다. 지난날의 자신을 정화하기 위해서다. 굴샨이 굳게 닫혀 있던 입을 열어 어떤 문장을 외웠다. 요나 암마, 디요 요나하 프라초다야트. 나는 향수에 젖은 굴샨의 목소리를 듣다가, 익숙한 발음에 고개를 들었다. 그들은 갠지스강을 암마, 어머니라고 불렀다. 그러니까 힌디어로도 엄마는 엄마였다.

일을 마치고 난 뒤에는 굴샨을 시내로 데려갔다. 그동안 염 부장이 주는 도시락만 먹고 일하느라, 굴샨은 자신이 사는 섬에 무엇이 있는지도 몰랐다. 나는 그 도시락이 유독 짜고 조촐해서 좋아하지 않았다. 어떻게 그것 하나만 먹고 종일 일하란 건지 알 수 없었다. 한 번도 밖으로 나가 본 적 없다는 굴샨을 데리고 자주 찾던 식당으로 갔다. 널찍한 솥뚜껑에 삼겹살을 하나씩 올렸다. 직원이 콩가루와 기름장, 그리고 쌈을 내왔다. 내가 다 구워진 삼겹살을 상추에 싸 먹자, 굴샨은 작업복 바지 주머니에서 조심스레 무언가를 꺼냈다. 난이었다. 그러고 보니 굴샨이 고기를 먹는 모습은 보지 못한 것 같았다. 너무 성급하게 메뉴를 결정했던 걸까, 걱정하던 차 굴샨이 난에 고기와 나물을 익숙하게 골라 넣었다. 난이 보자기처럼 고기를 감쌌다. 굴샨이 입 속에 난을 욱여넣었다. 어디선가 고소한 냄새가 났다.

……나도 하나만 줄 수 있어? 말없이 고기를 뒤집다가 무심코 물었다. 굴샨은 흔쾌히 난을 하나 주었다. 쌈을 싸듯 고기와 장을 넣고 한입에 삼키니, 일순 흙의 맛이 감돌았다. 불쾌하지 않을 정도로 은은한 맛이었다. 굴샨은 강 근처의 진흙으로 만든 화덕에서 난을 굽는다고 했다. 고향에서 구운 난을 많이 가져오지 않아 아껴 먹는데, 가끔 생각날 때가 있다고, 굴샨이 아쉬운 듯 입맛을 다시며 말했다. 나는 내가 방금 무엇을 먹은 건지 되돌아보았다. 아직도 난의 고소한 맛이 입 안에 맴돌고 있었다.

다음 날 새벽에 비가 올 것이라는 일기 예보가 떴다. 염 부장은 굴샨에게 이 일을 맡겼다. 일찍 일어나서 누테에 있는 물을 전부 창고로 옮기라고. 굴샨이 말없이 고개를 끄덕이자, 염 부장이 어디선가 흰 봉투를 하나 들고 왔다. 그동안 잘한 게 기특해서 좀 주는 거야. 내 것보다 얇았지만, 분명히 월급봉투였다. 굴샨이 젖은 손으로 봉투를 꽉 붙들었다. 흰 봉투가 금세 회색빛으로 물들었다. 염 부장은 굴샨의 어깨를 두드렸다. 다른 인부들은 부러운 듯 굴샨을 바라보았다. 그날 밤, 굴샨의 컨테이너엔 불빛이 꺼지지 않았다.

새벽 즈음에 빗물이 창문을 때리는 소리가 너무 세서, 잠에서 깼다. 결국, 졸린 눈을 비비고 몸을 일으켰다. 창문에 신문지라도 붙일 생각이었다. 그때 창문 너머로 넘쳐흐르고 있는 염전을 보았다. 곧 소금꽃을 피울 바닷물은 모두 빗물과 섞이고 있었다. 분명 새벽에 누테의 물을 옮기기로 했을 텐데. 굴샨이 일어나지 않은 건가. 현관문을 살짝 열어 굴샨의 숙소 쪽을 확인했다. 컨테이너 문이 열려 있었다. 거센 바람을 따라 문이 활짝 열렸다가 도로 닫히기를 반복했다. 어두운 컨테이너 안에는 인기척이 없었다. 신발도 없었다.

뒤늦게 일어난 염 부장은 인부들을 몽땅 깨웠다. 나는 작업복에 우비를 챙겨 입고 밖으로 나갔다. 염 부장이 온갖 곳을 뛰어다니고 있었다. 그 새끼 땜에…… 그놈의 갠지스인지 뭔지……. 빗소리 너머로 염 부장의 목소리가 희미하게 들려왔다. 내가 현관문에서 장화를 신으려 낑낑대고 있자, 염 부장이 내게 다가와 물었다.

"너, 걔 으데 갔는지 아니?"

이 빗물이 오는 곳으로 가지 않았을까요, 하고 대답하고 싶었다. 그들의 암마에게로. 하지만 염 부장은 이해하지 못할 것이다. 암마고 자시고, 그놈이 올해 소금 장사를 다 망쳤으니 물어내라고 윽박만 질러 댈 것이다. 나는 고개를 저었다. 염 부장의 표정이 잔뜩 일그러졌다. 다른 인부들은 밀짚모자를 푹 눌러쓴 채 굴샨을 찾는 시늉만 하고 있었다. 너네, 그놈 안 쫓아가고 뭐 해! 모래 뒤집어엎으면 그놈이 나오겠어? 염 부장의 닦달에 인부들이 어딘가로 달려가기 시작했다.

"니도, 굴샨 보면 꼭 연락 함 줘라. 으데 갔는지 얘기하구."

섬에 있는 모든 집의 지붕이 파란색인데 대체 어떻게 얘기하라는 건지 알 수 없었다. 굴샨이 파란 지붕 집 밑을 지나고 있어요, 하면 너무나 당연한 것이 되고 만다. 염 부장은 내가 항의하기 직전에 서둘러 자리를 떴다.

남들이 굴샨을 찾으러 밖을 돌아다니는 동안, 나는 굴샨이 살던 컨테이너 안으로 들어갔다. 굴샨의 방에는 말 그대로 중요한 물건만 사라진 상태였다. 정말 급하게 나갔는지, 노란 장판에 신발 자국이 여럿 찍혀 있을 정도였다. 염전 인부들에게 지급되는 싸구려 고무장화 자국이었다. 벽에 설치된 빨랫줄에는 곧 찢어질 것 같은 속옷들이 널려 있고, 그 옆에는 작년 달력이 박스 테이프로 고정되어 있었다. 8월 15일이 꽤 중요한 날인 모양인지, 빨간 동그라미가 그려져 있었다. 이름이 쓰여 있지 않으니 누군가의 생일은 아닌 듯했다.

반쯤 열린 옷장 문을 잡아당겼다. 옷장이라고 하기에도 민망한 크기의 아담한 서랍장이었다. 상대적으로 두꺼워서 두고 갔는지, 옷장에는 겨울옷들만 남아 있었다. 옷장 맨 아래 칸에는 세숫대야만 한 파란 양동이가 놓여 있었다. 그것도 물이 한가득 담긴 양동이. 고개를 기울여 물의 냄새를 맡았다. 빗물에서 나는 시큼한 비린내가 풍겼다. 오래전 빗물을 담아 보관해 둔 모양이었다. 아니면…… 갠지스일지도 몰랐다. 갠지스와 이곳은 가늠할 수 없을 만큼 머니까, 강물을 가져오는 동안 썩어 버린 것일 수도 있다.

양동이를 들고 바깥으로 나갔다. 모자도 내팽개친 인부들이 빗물을 온몸으로 맞으며 물을 퍼 나르는 중이었다. 빗물이 소량 첨가된 바닷물은 정성스러운 관리로 살릴 수 있을지 모르지만, 저 정도 양이면 소용없을 게 분명했다. 염 부장은 어딜 갔는지 보이지 않았다. 굴산의 몸값보다 비싸다는 소금은 벌써 빗물에 녹아들어 형체를 잃었다. 소금꽃은 끝내 피어나지 못했다. 이토록 연락이 없는 걸 보면, 굴산은 이미 이 섬에서 도망친 듯했다. 빗물은 도통 멈출 생각이 없어 보였다.

빗물이 양동이로 떨어져, 양동이의 수면이 거칠게 일렁였다. 굴산의 말처럼 이 빗물이 어쩌면 갠지스에서 왔을지도 모른다. 굴산의 고향이라는 갠지스의 상류, 고무크에서 왔을지도. 양동이의 비린내가 공기 중에 스며들었다. 양동이를 든 채 제자리에서 뛰어 보았다. 장화에 엉겨 붙은 모래가 내 발을 무겁게 했다. 나는 발꿈치만 간신히 들고서 소극적으로 뛰었다. 찰박찰박, 그 소리가 소금 바다에 오랫동안 메아리쳤다.

*

　—몇 주째 폭등하던 소금값 폭락…… '바다를 못 믿겠습니다.'

　뉴스가 뜬 직후, 부모님은 내게 서둘러 올라오라고 했다. 아르바이트고 자시고 지금은 때가 안 좋으니, 최대한 바다에서 멀리 있자는 것이었다. 염 부장은 내 어깨를 두드리며 안부 인사를 전했다. 염 부장도 곧 올라갈 모양인지, 캐리어를 여럿 싸둔 상태였다. 이게 마지막 소금일지도 모르니께, 니한테 좀 줄라 그러는디. 염 부장이 조그만 비닐봉지에 든 소금을 내게 건네주었다. 굴샨이 떠난 후 빗물을 맞은 바로 그 소금이었다. 비닐봉지를 두 손으로 건네받자 소금 알갱이가 내 손안에서 바스러졌다. 일반적인 소금과 달리 무르고 연약했다. 품질은 안 좋아도 맛은 있을 거라고 염 부장이 장담했다. 나는 바지 주머니 안에 소금을 쑤셔 넣었다. 염 부장 뒤편으로 갈 곳 없는 인부들이 정처 없이 떠돌고 있었다.

　서울로 가는 기차는 새벽이나 밤 시간대를 제외하고는 모두 매진이었다. 나는 몇 시간 동안 입석으로 기차를 탄 끝에 서울에 돌아올 수 있었다. 부모님이 파라솔 크기의 우산을 들고서 나를 맞아 주었다. 비가 온다는 일기 예보가 뜨지도 않았는데, 혹여 비가 올까 봐 부모님은 하늘을 흘겨보고 다녔다.

　귀가하자마자 무거운 종이 가방을 내려놓았다. 가방 안에는 랩을 씌운 양동이가 들어 있었다. 빗물이 넘칠 듯 말 듯 흔들렸다. 나는 양동이를 옷장 안에 넣어 놓았다. 급한 마음에 옆에 있던 양동이도 품에 안고 가져왔다. 내가 굴샨에게 해 줄 수 있는 최선의 일이라고 생각했다. 이 양동이가 계속 그 섬에 남아 있었다면, 그리고 염 부장의 손에 의해 바다로 버려지게 됐다면 굴샨이 이 물을 가져온 이유가 사라지는 것이었다.

나는 오랫동안 비워 두었던 내 방을 바라보았다. 방 위쪽의 작은 창문은 무엇 하나 들어올 수 없도록 굳게 막혀 있었다. 회색의 무언가가 덧발라져 있는 것을 보니, 시멘트인 것 같았다. 청테이프와 신문지로도 불안한 사람들은 공업용 재료를 구해 와 DIY 인테리어를 한다는 말을 얼핏 들은 기억이 났다. 소금의 유해 성분을 날리기 위해서는 햇빛과 바람이 필요한데, 이 방에는 한 줌의 햇빛도 들어오지 않았다.

"아들, 손 말렸니? 혹시 모르니까 제대로 수분을 없애야지. 화장실에 핸드 드라이어 있으니까 어서 말려."

어머니가 고개를 쏙 내밀고서 말했다. 나는 수도가 막힌 화장실로 향했다. 물이 올라올 수 있는 곳은 모두 단단한 플라스틱으로 막혀 있었다. 혹여 안 좋은 물이 역류할 수도 있으니 예방 차원에서 막아 둔 듯했다. 수건걸이 아래쪽에 공중화장실에나 비치되어 있을 법한 핸드 드라이어가 보였다. 건조한 손에 뜨거운 바람이 와 닿았다.

아버지는 파란색 드럼통을 힘겹게 집으로 끌어오고 있었다.

먹을 수 있는 물을 1주일마다 각 가정에 공급한다는데, 1주일을 견디기에는 적은 양이었다. 나는 드럼통 안에서 크게 울리는 물소리를 들으며, 굴샨이 고무크에 제대로 도착했을지 가늠해 보았다. 그곳의 물은 여전히 깨끗하게 흐르고 있을까. 방으로 들어가 옷장 문을 열었다. 양동이 안의 물은 점점 누렇게 변해 가고 있다. 흐르지 못하고 고여 있어 그런 거였다. 이 물을 흐르는 강 어딘가로 보내 주어야 색이 돌아온다. 나는 양동이를 갖고 나갔다. 비가 내리면 반드시 돌아와야 한다며, 부모님이 내게 장우산 하나를 쥐여 주었다.

가까운 곳에 청계천이 있었다. 혹여 물에 닿았다가 큰일이라도 날까 봐, 사람들은 청계천 근처의 산책로를 이용하지 않았다. 나는 낮게 쳐진 펜스를 넘어 개천 가까이 다가갔다. 아직 맑은 물은 아무것도 모르는 것처럼 흐르고 있었다. 파란 양동이를 물 쪽으로 기울였다. 오랫동안 보관해 온 양동이의 물이 청계천에 서서히 스며들었다. 이 물은 어디로 흘러갈까. 텅 빈 양동이 바닥에 흰 알갱이 같은 것이 남아 있었다. 분명히 소금이었다.

나는 개천가에 주저앉았다. 그제야 염 부장이 준 소금이 바지 주머니에 들어 있다는 사실이 떠올랐다. 손을 집어넣어 소금을 조심스레 더듬었다. 아직 모양새를 유지하고 있는 소금은 내 체온을 머금어 따뜻하게 데워진 상태였다. 나는 비닐봉지를 풀어헤치고서 소금을 한 줌 쥐었다. 수분을 충분히 날렸음에도 아직 축축한 소금 결정이 손바닥에 녹아들었다. 더 이상 소금이 녹기 전에, 재빨리 입에 털어 넣었다. 무른 소금 알갱이가 입안에서 우두둑 소리를 내며 부서졌다. 굴산과 재배한 마지막 소금의 짠 내가 콧속으로 흘러 들어왔다.

툭, 하고 빗물이 내 머리 위로 떨어졌다. 아직은 작은 빗방울이었지만, 시간이 지날수록 거세질 것 같았다. 나는 비를 피하지 않았다. 일순 굴산이 외우던 그 문구가, 내 입가를 맴돌았다. 요나 암마, 디요 요나하 프라초다야트. 우리의 어머니, 우리의 지혜에 빛을 밝혀 주소서.

우리는 침묵하지 않는다

늦은 밤, 이유를 알 수 없이 쓰러진 누나는 병원에 입원했다. 나는 그즈음 『전태일평전』의 중반 부분을 읽어 내려가고 있었다. 연락을 받고 너무나도 놀라서, 누나가 있다는 안양의 한 병원으로 한달음에 달려갔다. 병실에 들어서니 누나의 가녀린 팔목에 꽂힌 커다란 수액 바늘이 제일 먼저 눈에 들어왔다. 추운 한겨울에도 감기 한 번 안 걸리던 누나가 갑자기 쓰러졌다. 무슨 일이라도 있는 걸까. 내가 걱정스러운 표정으로 누나를 바라보자, 옆에서 소독솜을 정리하던 간호사가 말했다.

"피로 누적 때문에 쓰러지신 거예요. 너무 걱정 마세요."

놀란 마음이 표정에 그대로 드러났는지, 간호사가 나를 보며 말했다. 피로 누적이니 걱정하지 말라니, 그 말은 어딘가 이상했다. 사람이 감당하지 못할 정도의 피로가 쌓여도 그리 큰일처럼 여기지 않는 것 같았다. 간호사의 눈 밑에는 짙은 다크서클이 자리했다. 졸음이 쏟아지는 눈과 달리 환자를 살피는 그녀의 손과 발은 정확했다. 이 정도 피로는 아무것도 아니라는 것처럼 신속하게 주어진 일을 해결했다.

우리 사회는 언제부터 피로에 이렇게 관대해졌을까. 침상에 누워 있는 누나를 보았다. 그러고 보니 평소보다 누나가 더 야윈 것 같았다. 기분 탓일까. 아무리 누나가 매일 밤 공부하는 고3이라지만, 어딘가 이상했다.

누나는 늘 의젓했다. 언제나 공부와 아르바이트를 병행했지만, 한 번도 힘든 기색을 내비친 적 없었다. 형편이 넉넉잖은 우리 집에서 그런 누나에게 거는 기대가 컸다. 아빠는 늘 누나에게 성공해서 자신과 달리 화목한 가정을 꾸리라고 이야기했다. 누나는 네, 하고 가만한 목소리로 대답했다. 그럴 때마다 누나의 굽은 어깨가 더 둥글게 말리는 것 같다는 착각이 들었다. 어쩌면 누나가 숙식 해결이 되는 고시원 총무에 지원한 것도 그런 이유에서일지도 몰랐다. 누나는 그동안 공부와 아르바이트를 병행하는 게 어려웠는데, 이제는 그 문제가 해결될 것 같다며 미소를 지었다. 면접 합격 후 기뻐하던 누나의 모습이 머릿속에 떠올랐다. 병원으로 달려오는 버스 안에서 과도한 업무에 시달려 쓰러졌다는 어느 택배 배달원 사연이 적힌 인터넷 뉴스를 보았다. 휴대전화 속 글자로만 보았을 때는 잘 와닿지 않았는데, 내 가족에게 이런 일이 일어나니 가슴으로 와닿았다. 나는 누나가 일어나면 갈아입을 옷을 챙길 겸 누나가 총무로 일하고 있다는 고시원을 찾았다.

고시원은 병원과 얼마 떨어지지 않은 곳에 있었다. 고시원은 십자 도로 골목 한편에 자리 잡고 있었는데, 멀리서도 보일 만큼 꽤나 큰 규모였다. 나는 건물 안으로 들어섰다. 밖에서 보는 모습과 다르게 건물 안은 양쪽 벽이 각각의 호실 문으로 빽빽이 차 있어서 어두웠다. 저 멀리 복도 가운데 '총무실'이라 쓰인 팻말이 보였다. 누나가 쓰러지고 난 뒤 급하게 나와서 그런지 총무실의 문은 열려 있었다. 조심스럽게 총무실 안으로 들어간 나는 충격을 받을 수밖에 없었다. 성인 한 명 무릎 펴고 누울 정도의 작은 방. 나는 정말 누나가 이런 곳에서 숙식을 해결하며 일하는 걸까 하는 의문이 들 정도였다. 방에는 이불이나 베개, 라면 봉지, 전기 포트 같은 숙식의 흔적이 곳곳에 남아 있었다. 게다가 한창 교과서와 문제집이 올려져 있어야 하는 누나의 책상에는 온갖 장부들이 있었다. 돈 관리를 제외한 청소 물품 관리, 손님 대응, 안내, 광고 등등 두꺼운 장부에는 그동안 누나가 얼마나 힘들게 일을 하는지 알 수 있는 증거들이 적혀 있었다.

그러다 문득 월급 명세서가 보였다. 빨간 날에 쉬는 날도 없었다. 고시원에서 누나는 대체 얼마를 받고 있는 걸까. 50만 원, 월급 명세서가 찍힌 노란색 봉투에는 그렇게 적혀 있었다. 분명 계좌 이체가 아닌 월급 명세서로 준 것은 증거를 남기지 않기 위함이겠지. 최저 임금도 받지 못하고 라면으로 끼니를 때우며 매일같이 일해서 번 돈이 50만 원이라니. 나는 망연자실했다. 내가 할 수 있는 일은 아무것도 없는 걸까. 무력함이 나를 휘감았다.

나는 누나의 책상에 앉았다. 누나가 일하는 곳을 한 번이라도 찾아와 보았더라면, 이런 일은 생기지 않았을까. 누나의 방을 둘러보다 익숙한 책을 하나 발견했다. 내가 읽고 있던 『전태일평전』이었다. 누나도 나와 같은 책을 읽고 있었다. 노동자의 인권과 환경에 관련된 이야기, 최저 시급에 관한 이야기, 미성년자의 노동에 대한 이야기. 누나는 책을 읽으며 무슨 생각을 했을까. 나는 누나와 책 속 내용이 너무나도 닮아 있다는 생각이 들었다.

책의 중반, 그러니까 전태일이 시다를 관두고 자신과 같은 처지에 있는 여공들의 처우를 개선하기 위해 재단사가 되기로 결심하는 부분이 있다. 평화시장에서 일하는 대부분의 여공은 15~18세의 미성년자들이었고, 이들은 밥 한 끼 제대로 사 먹을 수 없는 임금을 받으며 밤낮으로 일을 했다. 허리 한 번 펼 수 없는 혹독한 작업 환경. 쉴 새 없이 옷감에서 나오는 실밥과 먼지로 하루하루 나빠지는 기관지와 폐. 실제로 평화시장에서 일하는 여공과 재단사의 90퍼센트 이상이 진폐, 폐결핵 등 기관지 계통의 병을 가지고 있었다. 심지어는 신경성 위장병으로 밥을 먹지 못하기도 했다. 이러한 평화시장 노동자들의 나쁜 건강 상태에 오죽하면 '평화시장 여공은 시집가도 3년밖에 못 써먹는다.'는 말이 있었을까. 노동자들은 자신이 어떤 병에 걸렸는지 알 수 없었다. 알게 됐다 하더라도 그날 벌어서 그날 먹고사는데 제대로 된 치료를 받는다는 건 상상조차 할 수 없었다. 병이 깊어져 일을 못 하게 된다면 이곳저곳이 망가진 몸뚱어리로 해고를 당해서 길바닥 신세가 될 뿐이었다. 과도한 업무, 과도한 책임, 과도한 피로. 한창 학교에서 교과서를 펴고 공부를 해야 할 나이의 평화시장 여공들은 어른들의 이기심 속에서 천천히 죽어 갔다.

물론 지금은 그때보다는 상황이 나아졌다. 최저 임금 제도가 생기고, 노동 단체가 만들어져 노동자들은 스스로를 보호한다. 또한, 뉴스나 신문 역시 노동자들의 불리한 입장에 서서 그들을 대변해 주고는 한다. 이러한 노동자의 인권 향상은 하루아침에 이루어진 것이 아닌 전태일을 비롯한 많은 사람의 희생과 노력 덕분이었다. 그러나 아직까지도 취약한 부분이 남아 있다. 사람들은 점점 더 피로에 익숙해져 갔다.

나는 고시원 책상에서 『전태일평전』을 챙겨 들고 누나에게 갔다. 병원에 가 보니 누나는 깨어 있었다. 누나에게 무슨 말을 해야 할까. 누나는 내 손에 들려 있는 책을 보고 놀란 표정이었다.

"너 고시원 갔구나."

"왜 그동안 참고 있었어. 그것도 쓰러질 때까지."

"아빠께 걱정 끼치고 싶지 않기도 했고, 조금만 참으면 된다고 생각했어."

"참는다고 해결되는 건 없어."

내가 누나에게 말했다. 전태일은 사회의 부조리에 참지 않고 당당히 목소리를 냈다. 몸이 불타는 고통 속에서도 그는 노동자들의 인권을 지켜 달라는 구호를 외쳤다. 그러나 여전히 사각지대는 존재한다. 누나를 위해 나도 해야 할 일을 해야겠다. 우리는 참지 않을 것이다. 우리가 침묵하면 제2의 누나는 다시 쓰러질 것이고, 제2의 전태일은 또다시 희생해야 할 것이다. 이 세상에서 그 어떠한 형태의 노동자 인권 침해도 없을 때까지, 제2의 누나와 제2의 전태일이 나와 모두가 눈물 흘리지 않도록.

우리는 침묵하지 않을 것이다.

재개발

나는 안내봉을 들고
헬멧을 쓴 사람

사람들을 통제한다

재개발 건물 철거
크레인이 움직이면 건물들은 쓰러지고
집이 없어진 사람들 흐느낀다

아파트가 만들어지는 공터
나무들이 쓰러진다

새들은 지하에 살지 않는다

쓰러진 나무의 꼭대기엔
새 둥지가 망가져 있다

퇴근 후
층계를 내려간다

재난이 일어나면
지하로 대피하라고 배웠지

동네에 붙은 재개발 안내문에는
빨간색 스프레이로 선이 그어져 있다

동네에는 사람이
반밖에 안 남아서
이젠 창문을 열어도 사람들의 발이
안 보인다

옷장엔
헬멧과 안내봉

1층에서 떨어져도 아프다

치즈

쥐들이 전선을 갉아먹은 날

막대기로 벽을 때리면
쥐들이 도망간다

창문에 붙은 테이프
뗄 때마다 찍 소리를 낸다

냉장고를 열면
곰팡이가 낀 치즈 한 조각
쥐덫 위에 얹는다

난 오늘 쥐를 잡을 거야

티브이 속 다큐멘터리엔 호랑이
마트료시카 인형처럼
사슬처럼

우리 집은 냉장고가 된 건가 봐

사람들은 쥐를 잡느라
덫을 놓는다

티브이는 꺼지고
창밖으로 보이는
사람들의 발들

냉장고 안에선
음식이 썩지 않는다면서

벽지엔
치즈처럼
눅눅하게 곰팡이가 핀다

폐지

할머니는 매일
자기보다 높게 쌓인 폐지를 날랐다

바람이 불면
빈 박스들은 날아가고

나는 박스를 밟았다
라면 없는 라면 박스
종이 냄새만 나는 과자 박스

눅눅하게 쌓인 박스들처럼
겹겹이 쌓여 있는 동네

새로 싣는 박스들은
늘 맨 위로 올렸다

할머니가 앞을 끌고
내가 뒤를 민
가득 찬 수레는 3천 원

빈 수레를 끌고 집으로 향하면
눈앞엔 박스들이 다시 쌓여 있었다

우리 집은 맨 꼭대기

정수리부터 나는 할머니의 흰머리
나는 이제 6학년인데

날개를 다 펼친 빈 박스에는
아무것도 담겨 있지 않았다

박스로 지은 우리 집
하늘과 가장 가까우니까
비가 오지 않기를 바랐다

여성 안심귀가 로봇

야근을 마치고 나니 어느덧 자정에 가까운 시간이 되어 있
었다. 회사 밖으로 나와 숨을 깊게 들이마셨다. 밤공기를 들이
마시니 잠시나마 정신이 맑아지는 기분이 들었다. 하지만 나의
몸은 며칠째 계속되는 야근으로 피곤에 절어 있었다. 아무도
지나다니지 않는 거리는 적막하고 휑했다. 어쩐지 평소보다도
더 캄캄하게 느껴졌다. 이따금 차만 지나갈 뿐, 사람이라곤 자
취를 찾아볼 수 없었다. 건물 창문으로 새어 나오는 빛과 가로
등 불빛에 의지해 걸었다. 그마저도 건물이 몰려 있는 부근을
지나니 점차 불빛이 줄어들었다. 야근을 한 날이면 어깨가 뻐
근하니 몸이 지쳤지만 그보다 퇴근길이 문제였다. 밤 10시까지
만 해도 사람이 지나다니는데, 자정 즈음에는 개미 한 마리도
찾아볼 수 없었다. 혼자 걷다가 괜히 뒤를 돌아보기도 하고, 가
방을 앞으로 껴안았다. 야근을 하는 사람들은 대부분 차가 있
었다. 그것도 아니라면 남편이나 아내 등 가족이 데리러 왔다.
반면 나처럼 기다려 줄 사람이 없는 사람은 버스를 타야 했다.
새벽까지 운행하는 야간 버스를 타고 회사에서 20여 분 떨어

진 동네로 향했다. 내가 사는 곳은 도심에서 불과 5킬로미터 떨어져 있지만 불빛이 거의 없었다. 행인은커녕 간간이 지나가는 차마저도 보이지 않았다. 오늘도 버스에서 내려 어둠과 침묵뿐인 거리를 걷기 시작했다. 얼마 지나지 않아 저만치서 한 로봇이 내게 다가와 말을 걸었다.

"여성 및 청소년 귀갓길 안심 로봇입니다. 서비스를 이용하시겠습니까?"

로봇은 내 옆에서 나란히 걸었다. 내가 걷는 속도에 맞추어 천천히 함께 집으로 향했다. 나는 로봇을 힐끔거리면서 10년 전, 그러니까 대략 2020년대 초반의 일을 떠올렸다. 그 시절에도 안심 로봇 비슷한 게 있긴 했다. 여성들의 귀갓길에 동행하는 '안전 도우미'. 물론 지금과는 사뭇 다른 모습이었다. 내가 초등학생이던 때, 노란색 조끼를 입고, 주황색 경광봉을 든 아주머니들이 밤늦게 귀가하는 여성들에게 동행할지를 물어보곤 했다. 언젠가 나는 친구와 밤늦게까지 놀다가 도우미 아주머니에게 꾸중을 듣고 집에 간 적도 있었다. 하지만 대부분의 사람들은 안전 도우미 서비스를 이용하지 않았다. 그 시절의 안전 도우미 서비스는 말 그대로 유명무실했다. 내 기억 속에도 여성의 귀갓길을 동행하는 안전 도우미 아주머니들보다는 늦게까지 거리에 남아 있는 어린아이들에게 얼른 집으로 들어가라고 말하거나, 여성에게 동행할지를 묻는 모습이 익숙했다. 그리고 대다수의 여성들은 안전 도우미 아주머니와의 동행을 거절했다. 아무래도 처음 보는 사람과 단둘이 집까지 이르는 조용한 골목길을 걸어야 한다는 사실이 불편함과 어색함으로 다가오기 때문일 것이었다. 언젠가부터 안전 도우미 아주머니들은 자취를 감추고, 대신 로봇이 이 업무에 투입된 것도 그 때문으로 알고 있다.

"목적지에 도착했습니다. 서비스를 종료하시겠습니까?"

집 앞 현관에 다다르자 로봇이 걸음을 멈춰 서며 말했다. 나는 이제 집으로 들어가겠다고, 돌아가도 좋다고 했다. 그때 현관의 센서등이 켜졌다. 불빛에 비친 로봇은 캄캄한 어둠 속에서의 모습과 사뭇 달랐다. 로봇의 표면에는 크고 작은 흠집이 가득했다. 곳곳에 은색 코팅이 벗겨지기도 했다. 몇 초가 지나니 센서등이 꺼졌다. 로봇은 어둠 속에서 친절하게 말했다. 서비스를 이용해 주셔서 감사합니다. 그러고는 뒤돌아 혼자서 어두운 골목길 속으로 사라졌다. 방금 우리가 걸어온 어둡고 긴 길을 로봇은 혼자서 되돌아갈 것이었다. 나는 센서등 꺼진 현관 앞에 오래도록 서 있었다. 로봇은 금세 시야에서 사라졌지만, 걸어가면서 관절 부위가 꺾이는 딱딱한 소리가 골목에 울려 퍼졌다.

현관문을 열자 내가 사는 원룸의 풍경이 한눈에 보였다. 5평 정도 되는 좁은 공간에 살림살이가 빼곡하게 들어차 있었다.

아침에 미처 다 먹지 못한 밥과 반찬이 그릇에 고스란히 담긴 채 말라 있었다. 개켜 있지 않은 잠옷과 이불, 급하게 출근하느라 정리하지 못한 흔적들이 가득했다. 나는 대충 물건들을 책상 위에 올려 두었다. 깔끔하게 치울 힘은 나지 않았다. 샤워를 하며 고단함을 흘려보내고, 이내 잠자리에 들었다.

매일 비슷한 일과가 반복되었다. 출근과 업무, 커피, 야근. 색다른 점심 메뉴를 고민하며 일상의 즐거움을 찾았지만 그건 찰나에 불과했다. 새롭고 특별한 일, 톡 쏘는 일은 내게 벌어지지 않았다. 나는 반복되는 일과에 안정감을 느끼면서 동시에 지겨워하고 지루해했다. 물론, 지금과 같은 안정감이 유지되기를 바라면서. 이따금 유별남을 꿈꾸는 내게 1년 주기로 직업이 바뀌는 대행인 일은 어쩌면 안성맞춤일지 모르겠다는 생각이 들었다.

나는 오늘도 아침에 눈을 뜨자마자 곧장 회사로 출근해 한창 서류 작업을 하며 업무 중이었다. 나에게 서류 작업이란 그저 하나의 습관처럼 익숙한 일이었지만 이번에 들어오게 된 회사의 경우에는 말이 좀 달랐다. 지금껏 일하던 회사와 양식이 달라 적응하는 데에 애를 먹고 있었다. 그런 나의 모습을 볼 때마다 상사는 요령을 일러 주기는커녕 혀를 끌끌 차며 나의 느린 속도를 탓하고 비아냥댔다.

"나 참, 경력직이래서 앉혀 놨더니, 장난하자는 건가, 지금.

생 신입보다 쩔쩔매서야……. 쯧쯧."

나는 아무 말도 하지 못한 채 입술을 꾹 다물고 바닥만 쳐다봤다. 상사의 갈굼과 비아냥 또한 일과 중 일일 뿐이었다. 하지만 몇 번이나 들어도 이런 건 익숙해지지 않았다. 마음을 다잡고 숨을 가다듬어도 무뎌지거나 아무렇지 않은 일이 되지 않았다. 이런 말을 들을 때마다 한 귀로 듣고 한 귀로 흘리려고 애썼다. 하지만 마음속에 큰 돌이 자리 잡은 것처럼 답답한 기분만 들었다. 상사는 늘 나를 탓한 후 제자리로 돌아가며 본래 나의 자리에 있었을 한 직원에 대한 험담을 늘어놓고는 했다. 책임감이 없다는 식의 험담이었다. 나는 그럴 때마다 그녀가 미처 챙겨 가지 못한 책상 위의 사진을 물끄러미 바라봤다. 사진 속 그녀는 입가에 선한 미소를 띠고, 배가 약간 부른 채로 남편으로 보이는 남자와 다정하게 서 있었다.

나의 직업은 '휴직 여성 업무 대행인'이었다. 출산, 육아 등으로 회사를 휴직하게 된 여성의 공백을 채우는 것이 바로 나의 일이었다. 휴직한 여성이 돌아올 때까지 정부로부터 일감을 받기 때문에 내 일은 계약직일 수밖에 없었다. 육아 휴직은 1년을 초과하여 제공되지 않았다. 그러니 나는 어느 직장에 가든 딱 1년이라는 시간만큼만 일하게 됐다. 이번에 오게 된 회사는 '현정'이라는 사람이 다니던 곳으로 직급은 대리, 소속 부서는 총무과였다. 총무과는 업무의 전문성이 두드러지는 곳은 아니어서 비교적 수월하게 업무를 처리할 수 있었다. 이번 직장 생활에 딱 한 가지 문제가 있다면 저 상사였다. 상사는 조금이라도 일이 더뎌진다 싶으면 귀신같이 알고 나의 자리로 찾아왔다. 나에 대한 서슴없는 지적은 물론 본래 이 자리의 주인인 현정에 대한 험담까지 늘어놓는 것이었다. 물론 현정은 나와는 일면식도 없는 사이였으나 상사의 태도가 영 마음에 들지 않는 건 어쩔 수 없었다. 사진 속 환하게 웃고 있는 여자가, 저 상사의 입에서 나온 온갖 뾰족한 말들에 찔렸을 시간들이 자연스레 그려졌다. 눈앞에 없는데도 책임감이 없다며 매일같이 험담을 하는데, 그녀 앞에서는 얼마나 무안을 주고 괴롭혔을까. 어떤 표정과 말로 그녀를 괴롭게 만들었을지 눈에 훤히 보이는 듯했다. 1년 뒤 그녀가 다시 이 회사로 돌아오게 되었을 때 놓일 처지에 대해 떠올려 보면 괜히 마음이 서글퍼지기까지 했다. 나는 1년이 지나면 저 상사와 볼 일이 없는 사람이지만 현정은 1년이 지나고 이곳에 다시 오면 계속해서 저 상사를 봐야 하는 정규직이었으니까.

　불행 중 다행인 것은 내게 적잖은 위로와 힘이 되어 주는 이도 존재한다는 것이었다. 그중 제일은 같은 부서의 네 살 많은 남자 직원인 준규였다. 내가 상사의 핀잔에 쉽게 주눅 들고 처져 있으면 준규가 나타나 위로를 건넸다. 준규는 내게 차나 커피를 건네며 원래 저런 사람이니 마음에 담아 두지 말라고 말했다. 나는 아직 준규를 완전히 이성적으로 생각하고 있는 것까지는 아니었지만, 남다른 호감을 가지고 있었다. 매번 보여 주는 친절과 다정함에 어느새 나의 마음이 풀어졌던 것이다. 사람에게 받은 상처는 사람으로 다시 치유받고 채워진다고 했다. 이 회사에서 상사에게 받은 상처가 늘어 가고 그 때문에 지치는 날이 많아도, 준규에게 위로를 받은 날이면 그나마 숨통이 트이는 듯했다. 준규는 더없이 따뜻하고 좋은 사람이었다. 1년이라는 짧다면 짧고, 길다면 긴 시간 동안 나는 마음이 맞는 동료 몇 명을 만났다. 어딜 가도 이번 상사 같은 부류가 있었고, 반대로 준규 같은 이가 매번 있었다. 업무적으로, 또 인간적으로 나는 준규 같은 친절한 이들에게 의지하며 성실히 직장에 적응해 나갔다.

아침부터 정신없이 업무에 매진하니 어느덧 점심시간이 찾아왔다. 구내식당으로 가서 혼자 밥을 먹고 있는 내 앞에 그림자가 드리워졌다. 고개를 들고 올려다보니 준규가 나를 보며 미소 짓고 있었다. 준규는 함께 먹어도 되냐고 물었고, 나는 좋다고 말했다. 우리는 함께 점심을 먹으며 적정한 온도의 대화를 나눴다. 무례하지 않은 질문, 간단한 일상 이야기 등. 준규는 내게 회사 생활에 적응하기 많이 힘들지는 않은지, 상사 때문에 스트레스를 많이 받는지 물었다. 그러고는 이렇게 말하기도 했다.

"정착을 하시는 건 어때요? 아무래도 지금처럼 계약직으로만 계시는 것보다 훨씬 안정적일 수 있잖아요. 그 정착지가 직장이어도 좋고, 아니면 사람이어도 좋고요."

그는 그냥 제 개인적인 생각이기는 하지만요,라고 조심스레 덧붙이며 살짝 웃었다. 그의 말이 아주 틀린 것은 아니었지만 나에게는 유랑하는 삶이 그리 나쁘지만은 않았다. 하는 일이 계속해서 바뀌는 것이 내겐 좋은 점이고, 다양한 사람과 여러 경험을 접할 수 있는 것이 장점이라고 생각해 왔기 때문이었다. 그대로 준규에게 내 생각을 전하니, 뭐, 그러네요, 그것도 좋네요,라고 말하며 담백한 웃음을 지어 보였다.

역시나 오늘도 야근이었다. 대부분의 사람들은 퇴근을 한 후였다. 사무실에 나만 덩그러니 남아 잔업을 처리했다. 사무실에는 나의 타이핑 소리 외에는 아무 소리도 들리지 않았다. 아침부터 쉬는 시간을 줄이면서까지 빠듯하게 일했는데도 할 일이 꽤나 남아 피곤이 쌓여 갔다. 이번 직장은 아직 완벽하게 업무를 익히기 전이었다. 아무리 내가 대행인이라고 한들, 사실상 처음 해 보는 일을 경력직처럼 척척 해낼 수는 없는 노릇이었다. 회사는 내가 대행인이라는 걸 알면서도 특수한 상황을 고려하지 않았다. 본래 이 자리에 있던 사람이 하던 것과 똑같은 양의 업무가 쏟아졌다. 나의 느린 속도에 늘 불만을 품는 상사도 마찬가지였다. 정신없이 업무에 매진하니 벌써 밤 10시였다. 이곳에서의 야근은 어느덧 일상이 되었다. 야근을 하지 않

으면 오늘 일에 내일 해야 하는 업무가 더 쌓여 처리할 수 없을
게 뻔했다. 시간이 많이 늦었는데 내일도 어김없이 이른 아침
에 출근을 해야 했다. 간신히 하던 업무를 대강 정리하고 나가
려는데 갑자기 익숙한 얼굴이 사무실 안으로 들어오는 게 보였
다. 준규였다. 그는 물건을 두고 가서 찾으려고 돌아왔는데 아
직도 퇴근을 안 했을 줄은 몰랐다며 놀랐고, 나를 걱정해 주었
다. 야근으로 인한 괴로움 때문일까, 나는 평소와 달리 이런저
런 이야기를 준규에게 늘어놓았다. 준규는 나에게 회사 근처에
서 술을 마시자고 제안했다. 나는 쉴 새 없이 일하느라 저녁도
거른 상태였기에 좋다고 답했다. 준규와 대화하는 건 나에게
있어서도 퍽 즐거운 일이었기 때문이다.

종일 상사의 잔소리를 듣고, 일에 치여 있다가 나를 배려해
주며 친절하게 대해 주는 준규와 술을 마시니 피로가 싹 날아
가는 것 같았다. 대화를 나눌수록 하루의 고단함도 잊히는 듯
했다. 우리는 꽤나 많은 대화를 나눴다. 준규는 내게 이 회사 이
전에 어떤 회사들을 지나왔는지에 대해 물었다. 나는 가만히
생각해 보다가 이야기를 이어 나갔다.
가장 먼저 떠오른 여성은 단연코 5년 전 대신 일을 해 주었
던 지은이었다. 지은은 광고 대행사에서 꽤나 오랜 시간 일해
왔던 여성이라고 했다. 그녀는 경험이 두둑하게 쌓인 경력자답
게 유능한 직원이었다. 주변 직원들에게도 신임을 받았으며 많

은 일을 도맡아 했다. 그런데 그런 그녀에게 사장은 지속적인 성희롱을 일삼았다. 그녀는 사장의 성희롱을 참고 또 참다가 끝내 큰 용기를 가지고선 고발했다. 하지만 그 결과는 강제 휴직이었다. 그러니까 이건, 완전한 권력 남용이었다. 지은의 피해 사실은 1년이라는 대행 업무 기간을 다 채우기 직전, 일을 하며 깊게 친해지게 된 동료 언니로부터 듣게 되었다. 언니의 말에 따르면 사장은 성희롱과 더불어 본인이 마신 커피잔 등의 설거지를 종종 지은에게 시켰다. 설거지를 시킬 때면 고무장갑을 끼지 말고 꼭 맨손으로 하라고 강요했다. 그리고 설거지하는 모습을 뒤에서 바라보았다. 나는 그 이야기를 듣자마자 눈살을 찌푸리고 열을 올릴 수밖에 없었다. 내가 1년간 매일같이 몸담은 회사에서 그런 불미스러운 일이 생겼다는 사실에 마음이 불편했다. 가장 황당하고 어이없는 건 그러한 일이 있은 후 회사를 떠나게 된 쪽은 지은이고, 회사에 계속 남아 있는 쪽은 사장이라는 사실이었다. 사건과 별개로 그 회사는 잘만 돌아갔다. 사장은 그런 일이 있었다는 걸 잊은 것처럼 아무런 낌새도 없이 잘 지냈다. 나는 이게 맞는 일이냐고, 이러면 안 되는 것 아니냐고, 사장이면 다냐고 열을 올렸던 그때의 기억이 아직도 생생히 남아 있었다. 지금 생각해 보면 모두가 알고 있었을 터였다. 말이 휴직이지 사실상 부당 해고나 다름없으며, 내가 떠나고 난 뒤에도 그들이 지은을 다시 만나는 일은 없을 것이라고 말이다. 지은은 한동안 회사 앞에서 1인 시위를 벌이기도 했다고 들었다. 그녀는 지금 무얼 하며 지내고 있을까. 나는 이따금씩 접점도 없는 그녀의 안부를 궁금해했다. 부디 그녀가 잘 지내기를 진심으로 바랐다.

준규는 내가 떠드는 이야기를 들으며 고개를 끄덕였다. 여태껏 내가 지나왔던 시간을 이야기한 적이 없었기에, 나는 그동안의 기억을 준규에게 쉴 새 없이 풀어냈다. 지은의 일 다음으로 기억에 남는 건 태인의 이야기였다.

3년 전쯤, 그녀는 엄연한 수습 기간을 마치고 방송사에 정규직 조건으로 입사를 앞두고 있었다. 그러나 태인이 곧 결혼을 앞뒀다는 소식을 듣고는 육아 휴직 사용 가능성이 있어 정규직으로서의 입사가 보류되었다고 했다. 나는 그로 인해 생긴 빈자리를 메우러 들어간 사람이었다. 태인이 그녀의 꿈과 커리어를 위해 흘려 온 땀과 눈물에 비해 그녀가 거절당한 이유는 너무나도 터무니없었다. 육아 휴직 사용 가능성. 아직 벌어지지도 않은 일 때문에 커리어가 막히다니, 말이 안 되는 일이었지만 아무도 그 이유에 의문을 품지 않았다. 결국 그녀는 다시 제자리로 돌아오지 못했다. 그녀가 자리를 비웠기 때문에 나는 그 자리에 앉을 수 있었다. 하지만 원래 그 자리의 주인이었던 사람이 어떻게 그 자리를 떠나게 되었는지를 알고 나니 결코 마음이 편치 않았다. 차라리 그녀가 돌아와 내가 다른 회사로 가기를 바랐다. 나에게 떠나가는 일이란 1년에 한 번씩 있는 대수

롭지 않은 일이었으나, 정규직 입사를 앞둔 그녀에게는 그곳이 평생의 꿈이고 바람이었을 터였다.

이러한 이야기들을 늘어놓으니 마음이 자연스레 씁쓸해져 왔다. 나 또한 이러한 나의 경험과 솔직한 생각들을 이렇게까지 자세히 이야기하게 될 줄 몰랐다. 그러나 내가 이야기를 하는 내내 나의 눈을 똑바로 바라보며 공감해 주고 부조리한 사람들을 함께 욕해 주는 준규의 태도 때문인지 이야기가 술술 나왔다. 이야기를 마치고 나서는 너무 가감 없는 이야기였나, 하는 생각이 스쳤지만 후회하지는 않았다. 우리는 오늘 대화로 꽤나 가까워진 것 같았다. 이렇게 복잡한 이야기들을 늘어놓고 나니 자리는 깊어 갔고, 어느새 시간은 자정에 가까워지고 있었다. 내일도 출근하는 날이었으므로, 나는 그만 일어나야겠다고 말했다. 준규는 시간이 많이 늦었기에 집까지 데려다주겠다고 했다. 나는 거듭 거절했지만 내일 또 출근해야 한다며 한사코 데려다주겠다고 말하는 그의 말에 마지못해 함께 집으로 향했다.

집으로 가는 중에도 우리는 소소한 이야기를 나눴다. 은은한 술기운과 시원한 밤공기, 그리고 좋은 사람과 적당한 온도로 나누는 대화는 나의 기분을 간지럽혔다. 이야기를 하다 금방 집 앞에 도착했다. 감사하다는 말을 건네고 집으로 들어가려는데, 그가 목이 너무 마른데 물 한 잔만 마시고 갈 수 없겠느냐고 물어 왔다. 평소 같았으면 거절했겠지만 늦은 밤 집 앞까지 데려다준 이를 그냥 보낼 수는 없었다. 준규는 나의 친구이자, 내가 호감을 느끼는 사람이었다. 나는 경계심을 허물고 기꺼이 문을 열어 주었다. 그러나 나는 얼마 안 가 그 결정을 뼈저리게 후회하고 미워했다. 집 문이 열리자마자 그는 다른 자아를 장착한 사람처럼 눈빛이 돌변한 채로 내게 돌진해 왔다. 그의 돌발 행동에 은은하게 남아 있던 취기는 확 달아나 버렸다. 놀란 나는 고래고래 소리를 지르며 저항했다. 있는 힘껏 소리쳤지만 집 안은 폐쇄된 공간이었다. 이웃집까지 소리가 미치지 않는 듯했다. 나는 반사적으로 뾰족하고 딱딱한 물건을 찾아 눈을 재빠르게 굴렸다. 그때 누군가 문을 똑똑, 하고 두드렸다. 이내 익숙한 기계음이 들려왔다. 여성 안심귀가 로봇의 목소리였다.

"수상한 변화 감지, 잠시 후 경찰 신고 전화가 연결됩니다."

로봇의 멘트가 들리자 그는 미간을 잔뜩 찌푸렸다. 성가심을 담은 눈을 치켜뜨고 나와 로봇을 번갈아 쳐다보더니 이내 성추행을 멈췄다. 그러고는 자신에게 호감을 표하고 먼저 넘어오라 끌어들인 쪽은 내 쪽이 아니냐며 되레 욕을 하고는 급히 문을 열고 나갔다. 그가 나가고 도어락이 잠기자, 다리에 힘이 풀려 버린 나는 방바닥에 털썩 주저앉아 버렸다. 심장은 쪼그라드는 것 같았고 숨이 벅찼다. 나는 그로부터 오랜 시간 넋을 놓은 채 허공만 바라보고 있었다.

그로부터 몇 달 후, 이 회사에서 일하는 마지막 날이 찾아왔다. 이곳에서의 1년도 벌써 채워진 것이었다. 오후에 현정이 와서 그간의 업무에 대해 간단히 인수인계를 받기로 예정되어 있었다. 나는 이 회사도 오늘이 마지막이라는 생각을 하며 준규가 앉아 있던 자리를 물끄러미 바라보았다. 준규의 자리에는 다른 여직원이 앉아 있었다. 내가 그날 일을 신고하자 준규는 징계를 받고 보직 이동되었기 때문이었다. 가끔 상사는 그 일을 두고서 일 잘하던 친구였는데, 하고 아쉬운 듯 중얼거리고는 했다. 나에게 들리든 말든 그건 상관없는 듯했다.

그럴 때마다 나의 몸 한쪽에는 생채기가 하나둘 생겨났다. 한 상처가 채 아물기도 전에 또 다른 상처가 계속해서 생겨나곤 했다. 나는 그럴 때마다 문득 일면식도 없는 지은과 그녀에게 일어났다던 일이 떠올랐다. 참으로 다사다난한 1년이었다. 해냈다는 느낌보다는 버텨 냈다는 느낌이 더 컸다. 그 일이 있은 후로 참 많이 힘들어했던 지난날들이 떠올랐다. 왜 나여야만 했을까 비통했다. 물론 그렇게 생각한다고 해서 달라지는 것은 아무것도 없었다. 그리고 그 사실이 이따금씩 나를 버티기 힘들게끔 만들었다.

오후가 되자 한 여성이 사무실 안으로 들어왔다. 그녀를 보자마자 내가 그동안 무수히 많이 들여다본 사진 속 현정임을 단번에 알아볼 수 있었다. 현정이 사무실에 들어서자 현정과 일하던 동료들은 모두 반갑게 그녀를 맞이했다. 그들은 서로의 안부를 묻고, 그간 많이 보고 싶었는데 너무 잘 왔다며 화기애애한 대화를 이어 나갔다. 사진에서만 보던 그녀가 사무실에 아주 밝고 보기 좋은 모습으로 나타나다니 나도 덩달아 기분이 좋아졌다. 나는 그때 상사를 힐끔 쳐다봤는데, 내가 생각했던 것과 다르게 상사는 현정에게 매우 호의적이었다. 그녀를 보자 이게 얼마 만이냐며 웃음을 머금고는 그녀에게 다가가 이것저것 잘 지냈는지 안부를 물었다. 잘 왔네, 잘 왔어, 하며 현정을 아주 아끼는 사람인 양 굴었다. 책임감이 없다고 험담하던 때가 무색하게 말이다. 나는 꽤나 의아해 잠시 벙찐 상태로 그 둘을 바라봤다. 처음에는 상사의 가식인 줄 알았는데 미소를 머금은 맑은 눈이 순도 100퍼센트의 진심을 머금고 있는 것 같아 혼란스러운 마음이 들었다. 현정은 회사 사람들과 인사를 충분히 나눈 후 나에게 인수인계를 받았다. 인수인계가 끝나자 현정은 그동안 고마웠다며 내게 고가의 스카프를 선물했다. 곧이어 그녀는 내가 그간 너무도 업무를 잘 맡아 줬다며 나를 칭찬했다. 그런 현정의 모습에 나는 그녀가 매우 교양 있고 여유 있는 고학력자임을 직감할 수 있었다. 역시나 그녀는 집으로 돌아갈 때에도 이 대기업의 정규직 사원답게 고가의 중형 세단을 타고 갔다.

나는 마지막 업무를 마치고, 부서 사람들과 마지막 인사를 나눴다. 다들 직접적으로 언급하지는 않았지만, 이곳에서 참 많은 일이 있었는데 그간 너무 고생했다며 앞으로 좋은 일만 있기를 바란다는 식의 말들을 건네 왔다. 그들 말대로 이 회사에서 참 많은 일들이 있었다. 업무에 적응하는 데에 애를 많이 먹었고, 유독 악질이었던 상사를 만났으며, 가장 크게는 내게 큰 트라우마를 안겨 준 동료의 성추행까지. 나는 그 일이 있고 나서 앞으로는 사람을 대할 때에 얼마나 믿음이라는 틀 안에 머물러야 하는지, 얼마나 마음을 주고 정을 주어야 하는지, 나를 얼마나 내어 주어야 하는지 끝없이 고뇌하며 망설이게 되었다. 앞으로 나는 인간을 믿을 수 없을 것이었다. 나는 꼭 마음이 없는 사람이 된 것 같았다. 그날의 일을 떠올리기만 하면 드는 역한 기분에 일상생활이 힘들었고 심리 상담까지 받아야 했다. 이 회사에 있으면 그가 떠올랐고, 그러면 자연스레 그 일이 떠올랐기에 회사를 그만둘까 생각하기도 했다. 그러나 그 때문에 이미 많이 망가져 버린 나였기에 회사까지 그만두고 싶지 않았다. 그가 내게 더 이상 아무런 영향도 끼치지 못하는 사람이기를 바랐다. 주변 사람들은 쓸데없는 고집이라며 나를 말렸다. 어떻게 보면 괜한 고집이고 무리수이고 오기일 수도 있겠으나 그때의 내 마음은 견고했다. 그래도 그런 힘든 시간들을 지나고 나니 어느새 마지막이라는 것이 찾아왔다. 마지막인 만큼 재수 없고 못나게 굴던 상사도 그간 고생 많았다며 미소를 짓고는 내 어깨를 토닥였다. 나는 그가 이따금씩 중얼거리던 말을 차마 잊을 수 없어 속으로는 껄끄러운 마음이 가득했지만,

겉으로 내색하지는 않으려 애썼다. 나는 짐을 챙겨 나왔다. 1년이라는 시간 동안 야근을 하지 않았던 날은 정말 적었기에 이렇게 해가 지지도 않은 때에 회사에서 나오는 일도 드물었다. 이제 정말 마지막이라는 사실이 실감 났다. 나는 마지막이라는 기분을 잔뜩 실감하며 버스 정류장으로 갔다. 이제 이 버스를 타고 출퇴근하는 것도 오늘로 끝이었다. 괜히 회사 쪽을 몇 번 쳐다보고는 버스에 올라탔다. 버스는 언제나 그랬듯 20여 분 정도를 달려 동네에 도착했다. 교통 카드를 찍고 버스에서 내렸다. 얼마 지나지 않아 한 로봇이 나에게 다가와 물었다.

"여성 및 청소년 귀갓길 안심 로봇입니다. 서비스를 이용하시겠습니까?"

이렇게 묻는 로봇의 몸에는 언제 생겼는지 알 수 없는 수많은 흠집들이 가득했다. 로봇이 그 흠집들을 몸에 하나하나 새겨 가기까지 어떤 시간을 보내 왔을지 문득 궁금해졌다. 나는 그때, 결국 이 사회에서 가장 처음 희생되는 이는 가진 것이 없는 여성이라는 사실을 느꼈다. 나는 로봇의 질문에 대답을 하지 못한 채, 로봇의 손을 어루만졌다. 어쩌면 우리가 많이 닮아 있을 수도 있겠다는 생각을 하며. 이내 나는 로봇에게 서비스를 이용하겠다고 답했고, 우리는 그날 어스름한 노을빛이 깔린 적막한 거리를 나란히 걸었다.

우리의 꿈

『전태일평전』을 읽는 내내 내 얼굴의 근육은 수없이 움직였다. 찡그림으로, 울음으로, 환희와 다시 참회로. 나의 눅눅한 눈물이 전태일이 겪던 그 뜨거운 열기를 조금이나마 식힐 수 있을까. 교과서 속 짧게 스쳐 지나가는 이름으로나마 알았던 전태일 열사를 『전태일평전』을 통해 통감할 수 있었던 건 그 무엇보다 감사한 일이었다. 나는 이제껏, 여름방학이 끝나고 개학하는 것이 반갑지 않았고, 용돈을 올려 주지 않는 부모님이 야속했으며, 밥상 앞에선 반찬 투정을 부렸다. 하지만 『전태일평전』을 몇 장이나 넘겼을까. 나는 전태일, 그리고 혹독하고 궁핍한 생활을 버텼을 수많은 이들을 떠올리며 지난 시간을 반성하고 나의 일상이 얼마나 감사한 것인지를 체감할 수 있었다. 전태일은 학교를 다닐 수 있었던 짧은 기간들로 사랑과 가슴 뜨거운 설렘을 느꼈고, 사정으로 다니지 못하게 됐을 때는 어린 동생을 들쳐 업고 배움을 향해 떠나고자 했다. 매일 굶주림에 시달리며 신문과 껌, 주워 모은 담배꽁초를 내다 팔고는 근근이 생을 연명했고, 평화시장에서 재단사로 자리 잡고도 극악무도한 근로 환경에 분노와 참혹함을 감출 수 없었다. 근로 기준법 해설서를 닳을 때까지 연구하며 대학생 친구 하나를 갈구하던 전태일. 배움과, 옳음과, 인간답게 살 수 있는 세상을 위한 그의 꿈은 나로 하여금 눈물을 흘리게 했다.

그리고 나는 울음 속에서 생각나는 사람이 있었다. 나와 함께 여름방학을 맞아 아르바이트 자리를 구하던 친구였다. 친구는 다니고 싶은 교과 과목 학원을 다니기 위해 부모님의 부담을 덜어 드리려 일을 하고자 했다. 그리고 구인 구직 애플리케이션으로 요즈음 유행하는 '탕후루' 가게 아르바이트를 단기로 시작했다고 했다. 친구가 그곳에서 아르바이트를 하기로 결정한 것은 탕후루를 파는 가게의 임금이 시간당 만 천 원으로 최저 임금보다 높았고, 연령을 잘 따지지 않았기 때문이라고 했다. 아직 고등학생인 나와 친구는 일자리를 구하는 데에도 애로 사항이 많았다. 부모님 동의서와 청소년 근로 시간 준수는 물론 학업에 따른 변동 사항이 업주 입장에서는 골칫거리가 됐기 때문이다. 그래도 친구가 벌게 된 돈으로 학원비도 보태고 용돈으로 교과서나 인터넷 강의 비용도 낼 수 있었다고 좋아하기에, 나는 잘된 일이라고 생각했다. 그만큼 친구는 학업과 성적에 대한 열의가 높았다.

그런데 친구가 일하는 가게에 탕후루를 사 먹고자 놀러 갔을 때, 친구는 매우 허둥지둥하는 모습이었다. 방학 동안 보지 못했던 터라 반가워 인사를 했지만, 친구는 눈으로만 웃고는 정신없이 앞치마에 끈적한 손을 닦고 있었다. 나는 걱정이 되어 계속 카운터 너머를 들여다보았다. 친구는 에어컨이 켜진 실내에서도 땀을 삘삘 흘리고 있었다. 친구는 과일을 꼬치에 꽂고 설탕을 센 불에 녹여 굳히는 탕후루 특성상, 온종일 뜨거운 설탕 기름 앞에 있어야 했던 것이다. 나는 친구와 계산대 옆에서 겨우 이야기할 수 있었다. 친구는 대화하는 와중에도 계속 울리는 배달 대행 업체의 알림으로 안절부절못했다.

"조금 쉬면서 일하지, 많이 힘들어 보여."

"그게 손님이랑 주문량이 많은 바람에 쉴 틈이 없어서……."

나는 친구가 걱정되어 일이 끝나고 잠깐 이야기하자고 말했다. 친구는 고개를 끄덕이며 알았다고 했지만 금방 다시 주방으로 돌아가야만 했다. 잠시 바라본 친구는 계속해서 과일을 꼬치에 꽂아 뜨거운 설탕 시럽을 붓고 있었다. 나는 친구가 신경 쓰여 친구의 일이 끝날 때까지 기다렸다. 평소에도 말랐던 친구가 유독 여위어 보였다. 일이 끝나고 시원한 곳에 가고 싶다는 친구의 말에, 음료수를 하나씩 사 들고 근처 놀이터에서 이야기할 수 있었다. 일이 끝난 친구는 홀가분해 보였지만 무척이나 노곤해 보이기도 했다. 그리고 한적한 벤치에 앉았을까, 나는 친구가 탄산 캔을 못 따고 있는 것을 발견했다. 그제야 자세히 본 친구의 손끝은 붉고 군데군데 물집도 잡혀 있었다. 친구에게 어떻게 된 일이냐고 묻자, 친구는 손을 등 뒤로 감추었다.

"설탕 코팅이 잘 흘러서 자주 데어."

"병원은 가 봤어?"

"아니, 방학 동안은 계속 가게에 나가는 중이라……."

이 정도면 괜찮다고 웃는 친구의 모습에 나는 마음이 무척 아팠다. 일이 얼마나 힘든지를 묻자, 친구는 힘드니 임금을 그만큼 많이 주는 거 아니겠냐며 연신 괜찮다고 말했다. 뒤늦게 알아보니 탕후루 가게에서 일하며 설탕 냄비의 뚜껑이 터지거나 설탕 코팅을 하다 화상을 입은 사람이 부지기수로 많았다. 하지만 나는 친구에게 일을 그만두라거나 다른 일로 바꿔 보라고 할 수 없었다. 친구가 그래도 아르바이트를 하며 번 돈으로 더 열심히 공부할 수 있었다며, 청소년이 이 정도로 벌 수 있는 것은 이곳이 유일할 거라고 말했기 때문이다. 친구는 개천에서 용이 난다는 말을 믿고 의대 입학을 꿈꾸는 열정적인 학생이었다. 번 돈으로 열심히 공부해 성적을 올려 좋은 입시 결과를 거둔 뒤 의사가 된다면 더 바랄 게 없다고 했다. 나는 그런 친구 앞에서 한참 동안이나 입을 뻐끔거렸다. 노동 환경도, 노동의 힘듦도, 나의 생활과 얻고자 하는 것을 위해 돈을 벌어야 하는 상황도 겪어 보지 못한 내가 말을 얹을 수 없다고 생각했기 때문이다. 하지만 마음속으로는 계속해서 의문과 걱정이 생겨났다. 정말 돈을 많이 주면 그만인 것일까. 청소년에게 더 나은 일자리는 정말로 없는 것일까. 친구에게 무슨 말을 해 주어야 할지 몹시 고민이 되었다. 집에 갈 무렵, 친구에게 일할 때 더 조심하고 꼭 병원에도 가 보라고 했다.

그리고 그 후 나는 『전태일평전』을 접하게 되었다. 나는 『전태일평전』을 읽으면서 친구의 상황으로부터 느꼈던 나의 모든 생각을 이미 몇십 년 전에 했던 전태일을 만날 수 있었다. 전태일 열사는 모든 것을 생각에서 그치지 않았다. 그는 열악하고 혹독한 세상을 향한 의문들을 계속해서 불려 나갔고, 노동자들을 위해 의미 있는 투쟁을 선보였으며, 몰아치는 배신과 현실의 피바람에 굴복하지 않았다. 그는 마침내 분신 항거하였으며 모두에게 자신의 뜻을 알렸고, 대우받지 못하고 병들어 가는 노동자들의 세상을 고발하였다. 나는 때때로 『전태일평전』을 읽으며 그의 대담함과 영웅 같은 면모에 내가 과연 그 시절을 살아가던 평화시장의 여공이었다면 전태일 열사처럼 행동할 수 있었을까 싶다가도, 마지막 페이지까지 읽으며 생각을 고쳤다. 그는 영웅이 되고자 했던 것이 아니라, 남들과 달리 대담하고 멋진 청년이라고 뽐내기 위해서가 아니라, 살고자 그랬다는 것을. 그는 주변의 딱한 노동자들, 특히 평화시장에서 일했던 여공들을 도와주고 희생하며 지냈고 자신의 손해도 묵묵히 감당했다.

전태일 열사의 꿈은 노동자들의 권리와 삶을 보장받고 인정과 인간다움이 넘쳐나는 세상에 사는 것이었다. 그리고 이 시대를 살아가는 나의 친구처럼 배움을 사랑하였다. 나의 친구는 의사라는 꿈을 위해 오늘의 열기를 감당한다. 전태일 열사도 그랬을 것이다. 그는 내일의 세상과 사람들을 위해 기꺼이, 나의 죽음을 헛되이 말라며 분신했다. 우리는 전태일이 만든 세상 위에 서 있다. 전태일 열사의 죽음을 헛되이 만들면 안 될 것이다. 동시에 힘든 노동을 견디고 있는 친구의 노력은 헛된 것이 아니며, 그 노력을 높이 사 마땅하다. 우리 모두 굶지 않기 위해, 사람답게 살기 위해, 원하는 바를 이루기 위해 노동하고 있으니까. 하지만 아직도 권리를 제대로 보장받지 못하거나, 노동 환경을 개선받지 못하는 노동자들도 있다. 나아졌지만, 좋아졌지만, 우리는 아직 전태일 열사가 세상에 뿌린 불씨의 가치만큼 완벽해지지 못했다.

나는 『전태일평전』을 다 읽고 생각했다. 꿈과 도의를 위해 노력한 전태일과 그의 생애로 많은 깨달음을 얻은 나, 그리고 노동하며 꿈을 펼치기 위해 노력하는 나의 친구. 세 사람은 공존하며 이 땅 위에 서 있다. 나는 전태일과 나의 친구처럼 꿈이 생겨났다. 나는 앞으로도 노동 문제에 관심을 가지며 전태일이 있었음에도 해결되지 않는 문제들에 강력히 항의할 것이다. 노동 착취로 떠오르는 기업의 음식은 사 먹지 않을 것이다. 또한 배움을 게을리하지 않고 모든 음식과 노동의 대가를 감사히 받아들일 것이다. 전태일 열사가 그랬듯 작은 움직임도 힘이 있음을 되새기며 살아갈 것이다. 이 세상엔, 또 하나의 분신이 생겨나면 안 될 것이다. 타오르는 불꽃 속에 제 뜻을 외치던 전태일 열사를 따라 나는 뜨겁게 외치고 싶다. 노동자들이 더 이상 힘겨운 불길 속을 걷지 말기를 바란다. 모두 선명히 꿈을 이루길 바란다.

제18회 전태일청소년문학상

심사평

시 부문 심사평

우리 문학의 미래를 보여 준 수작들

제18회 전태일청소년문학상 시 부문은 124명이 응모했다. 청소년문학상의 심사를 보는 것은 심사위원에게도 뜻깊은 일이었다. 우리 문학의 미래를 엿볼 수 있었기 때문이다.

예심에서부터 양질의 시가 많이 보여 놀란 마음으로 읽어 나갔다. 수상작을 고르는 데 적용한 기준은 작품의 완성도 외에도 전태일청소년문학상이라는 상의 성격에 걸맞은 사회적 문제의식과 이에 대한 고민의 정도였다. 이는 단지 노동이나 주거, 빈곤 등 사회적인 소재의 직접적인 차용을 통해 성취되는 것이 아니라 자신의 일상과 삶, 풍경을 바라보고 해석하는 태도에서 드러나는 것이다.

「사라지지 않는 방」외 2편에 부정적인 의견을 보내는 심사위원은 한 명도 없었다. 만장일치로 해당 작품의 손을 들어 주었다. "가장 낮은 곳에 있는 천국을" 볼 줄 아는 시선을 가졌다. 입체적인 진술과 이미지를 다루는 것으로 문제의식을 풀어내었다. 함께 응모한 다른 작품들도 수준이 높아 신뢰가 갔다. 구성원에 대한 안전과 보호의 의무를 수행해야 하는 공동체의 무너짐을 겪고 있는 시대에 대한 관찰과 이해를 바탕으로 이를 자기의 경험과 주변의 인물들을 통해 발견하고 시적으로 형상

화하는 탁월함이 압도적인 작품이었다.

2등과 3등 사이에는 결정이 쉽지 않아 오랜 토론이 필요했다. 「미치거나, 나라이거나」의 경우 거친 형식이 마음에 걸리기는 했으나 전체 후보작 중 시적 주체의 목소리가 가장 또렷하게 남은 작품이었다. 또 다른 응모작인 「멸종」 또한 인상적이었다. 혁명이라는 단어가 그 어느 때보다 낡고 묘연한 단어처럼 느껴지는 시대에 "같이 놀자/ 혁명은 키득거리며 발을 구른다"라는 문장을 발견하게 된 놀라움과 충격이 이 작품을 높은 순위로 올리는 데 확신을 주었다. 이 목소리들을 잃지 않기를 바라며 시인으로서의 행보를 응원한다.

「배고픈 천사가 사는 중국집」 외 2편 또한 매우 매력적인 응모작이었다. 이 역시 거친 면이 없지 않았으나, 솔직하고 활달한 이미지가 마음을 끌었다. 다소 긴 글이었는데, 전혀 지루하지 않았으며 끝까지 긴장을 잃지 않았다는 점도 큰 장점이었다. '중국집'이라는 소재가 다소 낡은 이미지로 사용될 수 있었는데 그렇지 않았던 점도 재미있었다. 이 목소리로 우리 주변의 그늘진 곳에 대해 말하는 것을 더 듣고 싶다. 꼭 사회 참여적인 시를 쓰지 않더라도, 글을 쓰는 사람이라면 '전태일 정신'에 공감하리라 생각한다. 자신감을 가지고 지금의 매력적인 작업을 계속 이어 나가길 응원한다.

「굽이친 아지트와 까만 알사탕」 외 2편은 본인의 세계가 뚜렷한 작품이었다. 이미지를 이용하여 서사를 풀어내는 능력이 돋보였다. 작품에서 "언니"는 화자의 정서적 보호자이자 동시에 화자와 다를 바 없는 처지의 인물로 등장한다. 이러한 화자-언니의 관계를 통해 같은 듯 다른, 다른 듯 같은 두 가지의 입장을 생각하게 만드는 지점이 있었다. 함께 응모한 「염료의 발걸음」은 상투적인 이야기라 다소 아쉬웠지만, 수식 없이 솔직하게 털어 내는 진술이 매력적이었다. 앞으로 더 많은 감각과 시간을 경험하면 더 좋은 시인이 된다는 것에 의심이 없다. 본인의 세계로 초대하지 않아도 독자들이 알아서 방문하는 세계를 갖추길 진심으로 응원한다.

「재개발」 외 2편은 전달력이 뛰어난 작품이었다. 어느 시점에 어느 곳을 바라봐야 하는지 잘 알고 있었다. 적재적소에 필요한 이미지는 시의 전개에 있어서 설득력을 주었고, 때문에 "1층에서 떨어져도 아프다"라는 문장은 강렬하면서도 힘 있는 구절로 완성되었다. 이번 전태일청소년문학상의 응모작들이 대체로 관념적이거나 상투적이라는 것에 반해 깔끔하고 정확한 문장을 구사하는 것도 눈에 띄었다. 그러나 함께 응모한 다른 작품이 표제작에 비해 힘이 떨어진다는 점이 아쉬웠다. 시의 발상이 꼭 특별할 필요는 없다. 다만 그 발상을 보여 주는 방식은 개성적이어야 한다. 이 점을 염두에 둔다면 본인을 재개발하고 나아가는 데에 큰 힘이 될 것이라 생각한다.

청소년문학상 심사 중에서도 손꼽힐 정도로 수준 높은 작품들이 많은 대회였다. 그렇기에 심사에 오랜 시간이 걸렸다. 아쉽게 탈락한 작품들도 매우 많았다.

앞으로도 시를 놓지 말고 무엇보다 즐거운 마음으로 글을 써 나가시길 바란다. 그리고 또 한 번 뜻깊은 자리에서 만났으면 좋겠다.

심사위원 권민경(시인), 김보경(문학평론가), 양안다(시인)

젊은 상상력이 빚어낸 노동의 풍경

올해 전태일청소년문학상 산문 부문에 응모한 113편의 작품 가운데 본심에서 다룰 8편을 고르고, 다시 4편의 수상작을 결정하기까지 심사위원 사이의 이견은 거의 없었다. 물론 선정된 작품들이 문장이나 완성도 등의 여러 측면에서 흠잡을 데가 전혀 없는 것은 아니다. 그럼에도 저마다 오늘날 노동 현실을 되짚어 보게 하는 소중한 고민이 묻어나는 글이었다. 고민의 깊이나 아쉬움을 따지기보다는 수상작의 가치를 밝히는 데 더 많은 지면을 할애하는 것이 그 물음에 제대로 응답하는 길이 아닐까 싶다.

「여성 안심귀가 로봇」은 로봇이 인간의 노동을 막 대체하기 시작한 근 미래를 배경으로 하고 있다. 계약직 말고는 마땅한 일자리를 찾기 힘든 젊은 여성인 "나"에게 로봇은 새로운 경쟁 상대일 뿐이다. 하지만 어느 밤 로봇의 몸에 새겨진 "수많은 흠집"에서 자신의 모습을 겹쳐 보게 된 "나"는 그간 로봇이 보내온 노동의 시간을 가늠해 본다. 인간과 비-인간의 경계를 넘어서까지 도구화된 노동의 실태를 단적으로 보여 주는 대목이 아닐까. 「일로」의 경우 로봇이 인간을 모두 대체한 것도 모자라, 일을 하는 것 자체가 죄가 되어 버린 세상이 펼쳐진다. 인간의 노동력이 필요 없어지자, 노동 소외는 그야말로 완전하게 실현되었다. 자신의 가치를 찾기 위해 가장 먼저 노동의 가치를 되찾고자 하는 인물들의 이야기는 '노동 해방'의 참뜻을 되새겨 주기에 충분했다. 「굴샨」은 불법 체류 중인 이주 노동자를 한국인 대학생의 시선에서 그려 낸 작품이다. 염전에서의 노동을 비교적 안정된 문장으로 서술한 것도 미덕이지만, 유전병을 유발한다는 빗물이 드리우고 있는 음습한 분위기가 돋보인다. 물의 순환 과정의 한 단계에서 생산되는 소금과 마찬가지로 순환의 한 단계이자 소금의 품질을 좌우하는 빗물에 생긴 문제에서 우리 사회가 안고 있는 구조적 모순을 상기하기란 어렵지 않다. 「안녕하세요, 화성인입니다」는 화성 테라포밍이 더는 꿈이 아닌 시대, 우주 청소부를 소재로 한다. 낯선 직업이지만, 열악한 고용 조건과 상시적인 위험 속에서 일하는 오늘날 필수 노동자를 닮았다. 이 작품에서 화성은 지구를 대체할 꿈의 행성이 아니라 사람이 살 수 없는 쓰레기장으로 묘사된다. 그러므로 한 번 쓰이고 버려지는 우주 청소부가 스스로를 화성인이라 칭하는 것은 자조적인 멸칭에 가까워 보이지만, 뜻밖에도 그들은 자부심을 갖고 청소를 이어 나간다. 이때의 '청소'가 계속해서 버려지는 우주 청소부들을 '구조'하는 일임이 드러날 때, 생사를 건 연대에서 비롯했을 그들의 직업적 자부심이 제법 묵직한 감동과 함께 전해진다.

전태일청소년문학상은 여타의 청소년문학상과는 다른 열기

가 있다. 올해 산문 부문에 응모한 작품에서 그 열기는 청소년들의 젊음이 발산하는 에너지가 분명했다. 그리고 청년 전태일이 남긴 정신이란 바로 그 젊음을 동력으로 한다는 것을 새삼 깨닫게 해 주었다. 무엇보다 눈길을 끈 것은 응모작 상당수가 최근 한국문학의 주류가 된 장르적 상상력에 기반하고 있다는 점이었다. 이는 응모자들이 동시대 한국문학의 경향을 발 빠르게 좇고 있다는 말도 되지만, 한편으론 이러한 상상력을 필요로 하는 세계의 이면이 오늘날 청소년에게는 이미 현실이라는 실감이 더 컸다. 흥미로운 상상과는 별개로 아직 제대로 노동을 경험해 보지 않았을 세대가 상상력으로 빚어낸 노동의 풍경은 우리 시대의 어둠을 반영하면서도 작은 희망을 엿보게 해 주었다. 값진 경험을 하게 해 준 모든 응모자에게 고마운 마음을 전한다. 아쉽게 수상하지 못한 응모자에게는 응원을, 수상자들에겐 박수를 보낸다.

심사위원 박서련(소설가), 임정균(문학평론가), 한정현(소설가)

훗날의 비평가를 보는 듯한 감각과 사유들

제18회 전태일청소년문학상 독후감 부문은 총 21편이 접수되었다. 이번 전태일청소년문학상에서 가장 큰 (기분 좋은) 이변이라면 바로 독후감 부문의 약진 아닐까 싶다. 심사에 들어가기 전 소설과 시에 대한 기대가 독후감보다 많았던 게 사실이었다. 아니, 그보다는 독후감에 대해 크게 생각하지 않았던 게 맞다. 그러나 올해 전태일청소년문학상을 심사하며 독후감은 역시나 훗날의 비평가를 예비하는 토대가 아닌가 싶었다.

『전태일평전』과, 영화 〈태일이〉를 대상으로 한 독후감(감상문)들 중에서 최종적으로 심사위원들이 주의 깊게 논의한 작품은 총 4편이었다. 우선 이들이 최종적으로 우리의 손에 남은 기준을 쓰고자 한다. 다행히도 심사위원들의 의견이 일치했는데, 전반적으로 작품에 자신의 해석과 의견을 적극 개입시키는 글을 뽑고자 했었다. 4편 모두 작품을 그대로 따라 읽거나 줄거리를 요약하는 데 그치지 않고 자신의 생활이나 주변 사람들의 경험, 참고되는 자료에 대한 적극 해석과 언급 등을 글에 녹여 낸 것이 특징이었다.

「우리의 꿈」은 자신의 친구가 겪었던 노동의 순간을 『전태일평전』과 겹쳐 놓은 것이 인상적이었다. 하고 싶은 공부를 위해 탕후루 가게에서 일하게 된 화자의 친구가 겪는 노동의 어려움(뜨거운 불 앞에서 여름내 과일 꼬치를 만들고, 계속되는 주문으로 이야기할 여유조차 없으며 손을 데어도 일할 수밖에 없는 환경)을 과거 전태일이 겪은 어려움과 연결시키고 이를 다시 개선되지 않고 반복되는 노동 현장으로 가지고 오는 것이 무척 인상적이었다. 전태일의 죽음 이후에도 계속되는 이러한 노동 환경의 열악함이 여전히 현재 진행형이라는 사유를 도출해 내는 것도 좋았지만, 무엇보다 미래를 도모하려는 결론에 이른 것도 인상적이었다.

「우리는 침묵하지 않는다」 또한 자신의 주변에서 일어나는 현재의 일과 전태일이 겪었던 참혹한 노동 환경에서 오는 고통을 연결시켰다. 이 작품의 경우 녹록지 않은 집안 사정에 고3이면서도 고시원 총무 생활을 병행하다 쓰러진 누나를 전태일이 살았던 시기 아무 말도 하지 못하고 죽어 나간 노동자들과 연결시킨다. 전태일과 누나는 제대로 된 대우를 받지 못한 환경 속 노동자라는 공통점이 있으나, 부당함에 대항하는 자세는 확연한 차이를 보인다. 부조리에 맞선 전태일과 달리 누나는 아버지가 걱정할까 침묵하다 결국 쓰러졌기 때문이다. 결말에서 화자인 "나"는 누나에게, 그리고 누나와 같은 처지의 노동자들에게 더는 참지 말 것을, 그리고 본인도 침묵하지 않을 것을 다짐하는 부분 또한 인상적이었으나 부당함에도 별말을 하지 못하는 누나의 모습 또한 무척 마음에 남았다. 말할 수 없는 사람과 대항하는 사람이 공존하는 것이 이 글의 장점이라고 생각됐다.

「용기가 바꾼 노동 환경」은 무척 솔직한 글이었다. 전태일을 보고 야구 선수를 떠올리는 화자의 모습은 오히려 동질감을 자아내기까지 했다. 심사위원들 또한 청소년기에 전태일을 알기는 했으나 이미 그때부터 주변에서도 전태일을 잘 아는 사람이 없었다. 지금의 청소년들이 전태일을 모르는 것이 자연스럽다고 느꼈던 것이다. 그러나 이 글의 진짜 장점은 그 뒤에 오는 서술이었다. 화자는 전태일을 잘 모른다고 말하지만 그렇다고 그대로 지나칠 마음은 없다. 화자는『전태일평전』을 보고 뉴스를 보며 현재 사회의 부조리를 곱씹는 한편 어린 나이에 고생하며 의류 공장에서 일했던 자신의 할머니와 전태일을 겹쳐 놓는다. 고단한 삶의 마지막까지도 공부의 끈을 놓지 않았던 할머니의 이야기와 끝까지 부당함에 맞섰던 전태일의 병치는 읽는 사람으로 하여금 서로 다른 모습인 듯하면서도 삶의 의지를 잃지 않았던 보통 사람들의 모습을 그려 내게 만들었다.

그런가 하면 「우리가 딛고 선 것들」은 영화 〈태일이〉를 본 후 변화하는 화자의 내면에 대한 솔직한 서술이 인상적이었다. 화자인 나는 〈태일이〉를 보기 전부터 돈으로 좌우되는 세상에 대한 인지가 분명한 사람이었다. 경기가 어려워진 까닭에 다른 형제들이 누린 것을 다 누리지 못한 것에 대한 아쉬움도 있다. 인상적인 것은 자신을 쉽사리 전태일과 동일시하지 않는 어떤 위치에 대한 감각과 사유가 깊다는 점과, 세상의 그런 어두움에 대해 모르지 않으면서도 그것에 순응하지 않는 화자의 태도이다. 끝없이 자신의 위선을 복기하는 이 화자는 자신의 돈을 쪼개 돈을 후원하면서도 이를 자신에게 좋은 시를 알려 준 문학 선생님의 선한 영향력으로 연결시킨다. 이 낮고 따뜻한 마음씨는 화자가 훗날 문학을 하려는 이유를 말할 때는 강인함으로 드러나기도 한다. 그러면서도 아르바이트를 하러 나가는 화자의 모습에서는 마냥 낭만적인 태도로 노동 환경의 변화나 투쟁을 대하고 있지는 않다는 걸 알 수 있었는데 어쩐지 한쪽으로 기울지 않은 이 균형이 더욱 강인하고 긍정적인 마음으로 읽혀서 몹시 인상적이었다. 진정 낙관적인 글은 단순한 희망을 구호하는 게 아니라 이처럼 균형 잡힌 시선으로부터 오는 것이 아닌가,라는 생각을 할 수 있었다.

전태일을 각자의 방식으로 기억하고 또 현실을 깊게 투사해 보려는 시도가 담긴 4편의 글이 모두 좋아 다소 긴 지면을 할애해 자세한 이야기를 하고 싶었다. 물론 이 네 분뿐 아니라 모든 투고자 분들께도 좋은 글을 써 주셔서 감사하다는 말을 전하고 싶다.

심사위원 박서련(소설가), 임정균(문학평론가), 한정현(소설가)

"노동자는 기계가 아니라 인간이다!"
"내 죽음을 헛되이 하지 말라!"

전태일이 스스로를 노동해방, 인간해방의 횃불로 불사르면서 외쳤던 이 피맺힌 절규들은 오늘도 우리들 가슴속에서 뜨겁게 고동치고 있습니다. 노동이 있고 싸움이 있는 곳이라면 그 어디에서나 폭풍처럼 해일처럼 메아리치고 있습니다.

죽음마저도 넘어서 버린 전태일의 불꽃은 바로 '인간선언'의 불꽃이었습니다.

불의의 힘이 아무리 강하더라도, 그리하여 그것이 아무리 인간을 억누르고 소외시키고 파괴한다 할지라도, 인간은 끝끝내 노예일 수 없으며 기필코 일어서 스스로의 주체적 삶을 실현시키기 위해 싸울 수밖에 없다는 진실을 밝힌 인간선언의 불꽃이었습니다.

전태일기념사업회에서는 노동해방, 인간해방의 횃불을 높이 든 전태일을 기념하고자 '전태일문학상'을 제정합니다.

우리는 인간을 억압하고 착취하는 모든 불의에 맞서 그것을 이겨 내려 노력하는 모든 사람, 모든 집단의 목소리를 한데 모으려는 뜻에서 제정된 이 전태일문학상이 노동운동을 그 핵심으로 하는 우리의 민족민주운동과 문학운동에 새로운 활력과 힘찬 응원가로 자리 잡을 것임을 믿어 의심치 않습니다.

전태일문학상이 공장에서, 농촌에서, 학교에서, 각각의 삶터와 일터에서 인간이 인간답게 살 수 있는 사회를 건설하기 위해 노력하는 모든 사람들이 함께 참여하고 함께 나눠 갖는 문학상이 될 수 있도록 많은 분들의 관심과 격려를 부탁드립니다.

1988년 3월
전태일기념사업회